ゴーストケース

心霊科学捜査官

柴田勝家

講談社
タイガ

イラスト——巖本英利
デザイン——坂野公一（welle design）

目次

ゴーストケース

心霊科学捜査官

「即《すなわ》ち人間の意識とは、霊子《りょうし》とでも呼ぶべき素粒子を脳の中で集めることで生じる、その場の統合状態であり、我々が心や感情と呼ぶものの正体である。そして脳内に蓄積された霊子が、死後に外に漏れたものを、残留思念、あるいは幽霊と呼び習わしたのだろう」

（アラン・ベンデビッド『背後への対話——霊子理論について』）

プロローグ

夜の東京を車が走っている。

ハンドルを切りながら、武藤弘《むとうひろし》は助手席で微笑《ほほえ》む恋人の沙織《さおり》を見やる。彼女の働く広尾《ひろお》の日赤《にっせき》医療センターから自宅マンションのある荏原《えばら》町まで、ほんの少しだけのドライブ。夜遅くまで働く彼女と時間の取れない自分とを繋《つな》ぎ止める、小さいけれど大事な時間だった。

「いつもごめんね、送って貰《もら》っちゃって」

「いいよ、僕はこの時間が好きなんだ」

スマートフォンと接続したカーオーディオからは流行《はや》りのポップソング。最初は興味もなかったそれが、沙織から勧められて以来、武藤にとっては何よりも心地よいものになっていた。

「それと沙織、シートベルト」

「大丈夫だって、ヒロくんの運転は安全だもん」

そう言って一向にシートベルトに手をかけない彼女が、危なっかしくもあり、可愛《かわい》くもあり。武藤は複雑な心境で「そう」とだけ伝えて、後は前を見る。

フロントウィンドウから見える風景は見慣れた街。この時間になると走る車も少ない。時折通る対向車のヘッドライトと、街路灯の等間隔の光が二人の顔を浮かび上がらせる。優しい笑顔。付き合って既に五年。大学生の頃から一緒に過ごしてきた。お互い無事に就職し、そこそこ多忙な毎日を送っているが、たまにのデートと、こうして毎夜の短い会話を楽しむ余裕くらいはある。

結婚のことだって考えている。彼女もそうだろう。

武藤は穏《おだ》やかな気持ちを認識しつつ、ちらりと横を見れば、そこに収まっているのが当然という感じで、自分の恋人が過ぎゆく恵比寿《えびす》の街の景色を楽しんでいる。

「ヒロくん、仕事の方は順調？　無理してない？　顔色が悪いよ」

「大丈夫、順調だよ。最近はチームを任されるようになったんだ」

「今は何をやってたんだっけ、霊子《りょうし》機器メーカーだよね」

「その中身。霊子の変換で音を出すシステムを作ってるよ。この車のステレオの中身もウチの会社のやつ」

凄《すご》いじゃん、と、沙織は愛嬌《あいきょう》のある笑顔を向けて、身を乗り出して顔を寄せてくる。思わず抱きしめてしまいたくなるが、ここで事故を起こすわけにもいかない、と武藤は気を引き締め直す。

「僕は凄くないよ。大学とかのもっと偉い人が霊子の研究をして、その結果として会社の人が開発してるだけさ」

「ヒロくんは霊子工学科だったよね」

「そう。昔から霊子ラジオとかを作るのが好きだったんだ。夢があるじゃん。死んだ人間の声が聞けるラジオって」

言ってから、武藤は少し顔をしかめる。また余計なことを言ってしまったな、と。

「私は不気味だなぁ」

武藤の視界の端《はし》で、そっぽを向く恋人の姿が見えた。

沙織との会話はいつだって楽しいが、自分の専門の霊子工学の話をする時だけは気まずくなる。どうにも彼女は、霊子技術だとか、心霊というものがあまり好きではないらしい。

「そうだな、君は看護師さんだもんな」

「ごめんね。人が死ぬのって、あんまり好きじゃないからさ」

そこで会話は止まり、後にはカーオーディオから流れる歌声と、寝静まった街の明かりだけが車内に残った。

すると音色が転調したタイミングで、前方でライトを振る制服警官の姿に気づいた。周囲に他の車はなく、それは自分達に向けて振られていた。

「あれ、ヒロくん。ほら見て、警察の人だ」

沙織に言葉を返すより先に、ライトを振っていた警官が車を停《と》めるために道路へと出てくる。武藤もそれに従い、車のスピードを落として路肩につけた。

「ああ、検問だ」

「ヒロくん、お酒飲んでないよね」

当然、と武藤は返す。飲酒運転どころか、酒が嫌いで飲み会を断るような性格だ。

武藤が窓を開けたのを見て、制服警官が横から近づき、慇懃《いんぎん》な調子でお決まりの言葉を投げかけてくる。

「すいません、こちらで検問をやっておりまして。一通り確認してもよろしいでしょうか?」

「どうぞ」とだけ返して、武藤は周囲を見回す。この制服警官以外に三名ほどが路上で待機している。一人は四角四面のいかにも警官という制服。そして眼鏡《めがね》にスーツの私服警官らしき男。そしてもう一人は――

「なんだろ、あの人も警察の人かな?」

助手席から沙織が耳打ちをしてくる。頷《うなず》くことはできない。路上で待機する――というより、面倒そうに路面に座り込んでいる――男は、制服どころか私服の警官にも見えない。

くたびれたカーキ色のコートに、腿幅《ももはば》の広いボンタンのような黒ズボンと、裸足《はだし》に下《げ》駄《た》。そして目深《まぶか》にかぶったボロボロの麦わら帽子。とても警官には見えない容姿をした人物が、ジッと武藤達の乗る車を見つめている。

「絶対違うよね。旅人？　ホームレス？」

「いや、わかんないけど……」

武藤が視線を警官の方に戻すと、ニコニコと貼《は》り付いた笑顔のまま、手元に小さな機械を持って待ち構えていた。

「車内も問題なし、シートベルトも大丈夫ですね。最後にアルコールの検査だけお願いします」

「ああ、息を吹きかければいい？」

「いいえ、機械だけで検知できますので大丈夫です。はい、もう終わりました。問題ありません。お時間を取らせてしまって、どうもすいませんでした」

ああ、とだけ返し、警官が離れていったのを見て、武藤はサイドウィンドウを閉めようとする。

その瞬間、カン、と不自然な音が聞こえた。

音の方に目をやると、路上に座っていたはずの奇妙な男が、その場で立ち上がり、何度も下駄で地面を踏み鳴らしていた。

「なに、なんなの、怖いよ。ヒロくん、早く行こ」

「あ、ああ」

車を発進させたが、バックミラーにはニコニコと笑う制服警官達と、仏頂面《ぶっちょうづら》の眼鏡の私服警官、そして麦わら帽子の下から不敵に笑う男の姿が映っていた。

「なんなんだ、アイツら。あの横の男を先に取り締まった方がいいんじゃないか」

「だよね。不気味すぎ」

車は逃げ出すように先へと進む。やがて首都高の高架を通り過ぎた辺りで、ふいに前方で口を開く薄暗いトンネルが見える。

「白金《しろがね》トンネル……」

いつもは何気なく通っていた場所だった。しかし、直前の検問でのやり取りが、武藤に不吉な予感を呼び起こさせる。

「ねぇ、ヒロくん。あそこってさ、確か心霊スポットなんだよね」

「ああ、事故が多発してるとかで、幽霊の目撃情報も多いらしい」

「もしかして、さっきの検問、この辺で事故があったからなのかな。幽霊の祟《たた》りで事故が起きてる、とか」

車内が一瞬暗くなる。車は白金トンネルへと入った。橙《だいだい》色のライトが断続的に二人の顔を照らしていく。

武藤は思わず息を呑《の》む。

不安に思うことなど何もない。幽霊なんていうものは、この霊子科学の進んだ時代では意味はない。

「心配しなくていいよ。幽霊なんていうのはさ、科学的に解明されてるんだよ」

武藤は大学の頃から霊子工学を専攻している。いわゆる幽霊というものについても、世間一般の人々と同様、怖いものとは思っていない。

「幽霊っていうのはさ、脳の神経細胞にある微小管《びしょうかん》っていう組織が大気中の霊子を取り込むことで生まれるんだ。それがニューロンの結合を作り出して、個人の視覚や聴覚に影響するんだよ。いわゆる霊感がある人は、大気中の霊子を感知する能力が高い人で、無関係な人間が幽霊を見たり、何か影響を受けたりするなんて……」

沙織を勇気づけるように言ったつもりだったが、いつの間にか武藤は自分自身に言い聞かせていることに気づいた。

「とにかく、霊子科学で十分に説明できる現象なんだ。だから、祟りとか呪《のろ》いとか、ましてや事故の原因になるなんてあり得ないんだ」

一息に言って、武藤は無理矢理に心を落ち着けた。

霊子科学による幽霊現象の解明。決して専門的な話ではない。こんな話は、この心霊科学の発達した今では中学生はともかく、勉強熱心な高校生だったらいくらでも知っている。

この世に幽霊は存在したとしても、それは昔とは意味が違う。人間の生前の姿が残っただけの単なる現象、人間の思念というものが生きた人間に影響を及ぼすこともあるだろうが、それは幻聴や幻覚の類《たぐ》いと変わらない。

「でもね、私、なんだか寒気がするの」

沙織の言葉に武藤は僅《わず》かに微笑んだ。

確かに看護師として人の死に向き合っている彼女にとっては、幽霊への見方も違ってくるだろうが、ここまで怯《おび》えるものなのか。沙織は必死に両腕をさすっている。そのあまりの様子に、武藤は不謹慎とは思いつつ、彼女が可愛いとさえ思えた。

「あのね、ヒロくん」

流れていた曲の演奏が終わった。

「ヒロくんの横の窓にね、手形が、ずっと、ついてるんだよ」

武藤は思わずブレーキを強く踏み込んだ。体が振れ、助手席からは沙織の小さな悲鳴が聞こえた。

「ちょっと、ヒロくん！」

「ご、ごめんごめん。でも君が変なこと言うから。ほら、違うよ、さっきの警官が窓から話しかけてきただろ。その時に手形がついたんだよ。困っちゃうな」

武藤はサイドウィンドウに手を伸ばす。確かにそこには、手形のようなものがあった。

しかし、と。手を伸ばしながら、武藤は思い至る。

あの警官は、窓を開けたあとに近づいてきたのではなかったか。

だとしたら、いつ窓に触れられるんだ。

「これって」

窓に手が触れた。

手形は武藤の手に擦《こす》られて、その形を崩した。

「違う、内側からついてる」

その瞬間、フロントウィンドウに何かが一気に降りかかる。

それは紙だった。一つ一つが小さな紙片が大量に、風もないのにびっしりと貼り付いていく。

フロントウィンドウが紙に覆《おお》われ、車内が闇《やみ》に包まれる。沙織の悲鳴が助手席から響く。

「なんだ！　なんだ⁉」

ダン、とボンネットを打つ音が聞こえた。

「祟りとか呪いっちゅうんは、本当にあるもんよ」

低く抑えられた声が聞こえたかと思うと、直後、フロントウィンドウが粉々に砕《くだ》け、運転席の方へ下駄を履《は》いた男の足が差し込まれた。

あまりのことに武藤が声を失っていると、フロントウィンドウの紙が剝《は》がれ始める。恋人の悲鳴の中で、武藤は車体のボンネットに座り込む人影を確かめた。

「な、なんだ、なんだアンタ！」

トンネルのライトに照らされ、ボンネット上の人物は足を引き戻すと、そのましゃがんでこちらを見据《みす》えてくる。それは先程、検問の時に見かけた不気味な男。

「なんじゃち、俺はあれよ、拝み屋とか陰陽師《おんみょうじ》ゆうやつよ」

聞き慣れない言葉に、武藤は口を開けることしかできない。

「まぁええわ、危なかったな。よっと」

男はフロントウィンドウに手を差し入れると、そのまま武藤の体を引き上げようとする。

「ほれ、とっととシートベルト外せや」

「痛い痛い、解《わか》ったから、解ったって！」

男の有無を言わせぬ響きに、武藤は抵抗する気力を失う。この日本で、こんな訳の解らない車両強盗と遭遇する羽目になるとは。

「アンタな、もう少しで事故を起こすところやったがよ」

「そりゃアンタのせいだろう！」

フロントウィンドウから引きずり出される瞬間、武藤はボンネット上に広がる紙片を見た。それらは神社のお祓《はら》いなどで用いられる人形《ひとがた》によく似ている。つい数年前、厄年《やくどし》の際に神社に行った時にも見かけた。それに、この男は自らのことをどのように紹介したか。

「お、おい、アンタ、陰陽師っていうのは――」

「そう言っとるやろう。で、その俺が見るに、このトンネルな、本当に危ないがよ。ひと月前にも事故があってよ、ほいで死人が出ちゅう」

「だからって、なんだ僕らも事故に遭《あ》うっていうのか？」

「そうやない。違う違う」

武藤はボンネット上に転がり出つつ、車内に残された恋人の方へと目をやる。あれだけ聞こえていたはずの悲鳴はもう聞こえない。あまりのことに失神でもしてしまったのだろうか。

「アンタ達はな、もう事故に遭ったんだよ」

男が車内を指差す。

武藤もそれに釣られて、彼女の座る助手席へと目を向ける。

「ひと月前、アンタ達はこの白金トンネルに入って、そこで、事故を起こしよった」

「なんだ、何を言ってるんだ？」

「アンタは奇跡的に一命を取り留めよったが、彼女さんが方はダメじゃったみたいでな。即死だとよ」

「おい、何を言って……」

武藤は沙織を見た。愛すべき人の姿を。

「ヒロくん」

そこにいるはずだった。いつも助手席で笑顔を向けてくれるはずの彼女が。

「私ね」

だが違う。今、そこにいるのは血塗《ちまみ》れで、首をあり得ない角度に曲げた女性の姿だった。死んでいる。あの時もそうだ。一ヵ月前の事故の時と同じ光景。

「死んじゃってるみたい」

沙織は笑った。首を曲げたまま、口から血を吹きこぼしながら。

「う、うわあああ!」

声をあげ、武藤がボンネットの上から転げ落ちる。冷たい地面に体を打ち付けながらも、すぐに顔を上げる。その拍子《ひょうし》に、窓から覗《のぞ》く青白い彼女の笑顔と目が合った。

武藤は思い出した。自分の運転で命を落としたはずの恋人。その恋人から来るはずのない電話があり、迎えに来て欲しいと言われ、いつものようにドライブデートに繰り出していた。それは毎夜続いた。毎夜、毎夜。

「物質に取《と》り憑《つ》く怨霊《おんりょう》よ。この車そのものに憑いとんじゃ。アンタはこの数週間の間、ずっとこの幽霊自動車を乗り回しとった。そろそろアンタも取り殺されるところがやったが、まぁ、間に合《お》うて良かったな」

ボンネット上の男はそう言いながら、懐《ふところ》から何か細いものを取り出し、指の間に挟み込む。トンネルの仄《ほの》かな明かりに浮かぶそれは、錆《さ》びきった古釘《ふるくぎ》のようだった。

「こりゃ道断ち刀《かたな》ゆうてな、俺の得物《えもの》よ」

鈍《にぶ》く光る古釘が不吉な予感をもたらす。その潰《つぶ》れた先端が、ちちらと揺れ、一瞬、助手席に座る彼女を向いて、ぴたりと静止した。

「現世に留まる霊を切り離す、残った未練の道を断つ。ゆえに道断ち刀。使い方は色々やが、俺のは外法《げほう》じゃきに、こがいにして――」

男が不敵に笑った。

男はダーツの矢を投げるように、緩《ゆる》やかに手を振った。古釘が風切り音を伴って飛んでいく。

「――けんばいやそばか、魂魄《こんぱく》みじんと打ちつめる」

布を裂くような嫌な音が聞こえた。

そして断末魔《だんまつま》の悲鳴がトンネルに響き渡る。

しかし、それは武藤と男にしか聞こえない声であった。既に助手席に恋人の姿はない。最初からいなかったかのように、何もかもが消え去ってしまった。

「さ、沙織は」

「送った。まぁ、霊子科学ゆうんはよう解らんがやき。俺流の言い方で言えば、あの世みたいなところへじゃ」

「そんな」

武藤は車のドアを開け、助手席の方へと縋《すが》りつく。もう沙織はいない。恋人は死んだ。彼女こそが幽霊だった。

「沙織は……、僕を殺そうとしていたのか」

「そがいなモンは知らん。幽霊ゆうんは解らんことばぁじゃ。ただ怨霊ちゅうんは、親しい人間に強う惹《ひ》かれよる。アンタに恋人の未練があったがやき、それに引き寄せられたんじゃ。同情はするがよ。親しい人が二回も目の前で消えるんは、堪《こら》えられゆうもんでもない」

男の言葉に武藤は答えることもできず、ただ助手席に顔を埋《うず》めて泣き喚《わめ》く。白金トンネルの中に、今はまた人の声が響く。

その慟哭《どうこく》の中、さらに突き刺すような声が届く。

「こらァ、御陵《みささぎ》ィ！」

声と共に現れた、眼鏡にスーツの私服警官が、出会い頭に御陵と呼ばれた男の頭を強くはたく。それと同時に、男は後方へと転がり落ちていく。

「ぐぉお、音名井《おとない》、なんで殴る」

「一人で駆け出したかと思えば、また無茶なことをしているからだ。お前は刑事じゃないし、陰陽師も廃業だ。自分の仕事をしろ。それに、この人は心霊事件の被害者だぞ」

新たに現れた私服警官は、車内に残された武藤を優しく引き起こすと、警察手帳を片手に自らの身分を告げる。

「警視庁、捜査零《れい》課の音名井高潔《たかきよ》です」

武藤は脱力したまま、音名井という刑事の顔を見つめる。先頃、検問の際に見かけた私服警官。仏頂面なのは変わらないが、その声には優しげなものが込められている。

「捜査零課……」

警察のことは詳しくない武藤であったが、それでも霊子科学を学ぶ中で当然のように知ったことがあった。幽霊の存在が科学的に証明されて以降、警察にも死後犯罪と超常犯を専門に扱う部門が作られたという。

「この白金トンネルでの事故調査の際、強い《怨素《おんそ》》が検出され、その痕跡《こんせき》のある車両を探していました。先程、検問の際に検出器をかけたのですが、その時は反応せず、このトンネルに入る頃に再び強く反応が出たので後を追っていました」

「やき停めろ言うたろう。機械に頼りよって」

私服警官の肘鉄《ひじてつ》が、ようやく起き上がった男の腹部に入る。

うずくまる男を無視し、私服警官は武藤に敬礼をよこす。

「この度は、ご愁傷《しゅうしょう》様でした。後のことはこちらで処理致しますので、今日は警察の車両で家まで送らせて頂きます。また後日、ご協力をお願いできますか」

武藤はただ首を縦に振る。もう何も考えられなかった。事故のことも、沙織が死んでいたことも、警察という存在も、もう何も考えたくはなかった。たった一夜で世界が変わってしまったようだった。

だが、ただ一点だけ、どうしても気になることがある。

「あの……、そちらの方は」

武藤の視線を受け、うずくまっていた男が顔を上げる。

「ああ、俺は御陵清太郎《せいたろう》」

御陵と名乗った男は、幅広の麦わら帽子を指で上げてみせ、屈託《くったく》のない笑みを送る。粗野な印象を受けたが、それ以上に晴れやかなものに見える。

「霊捜研《れいそうけん》の心霊科学捜査官じゃ」

第一章──祟《たた》り事案《インシデント》

1.

「幽霊犯罪に狙《ねら》われる前に！」

壁かけテレビから可愛らしい声が聞こえる。

御陵清太郎《みささぎせいたろう》がそちらを向けば、大写しで小柄な女性がスマートフォンを片手に微笑んでいる。彼女が通報すると、場面が切り替わり、可愛らしい絵柄の幽霊が、次々と警察官に網で捕まえられていく。

昼の所員食堂だ。少し見回せば、他にもテレビを見ている人間が散見された。公共食堂だからか、周辺からも食べに来ている人々の姿が見受けられる。

「それでねぇ、うちも大変なのよ」

御陵はテーブルを挟んで座る中年女性の声を聞き流した。

テレビでは先程のものとは別バージョンのCMが流れていた。女性が幽霊に襲われて悲鳴をあげ、それを警察官が助ける。巷《ちまた》で人気の女優のようだが、あいにくと名前は思い出せない。とはいえ警視庁の死後犯罪撲滅キャンペーンに合わせて起用された人物だったので、所内に貼られたポスターだけは見慣れている。

次々とCMは流れていく。幽霊との遺産相続に揉《も》めたら弁護士相談、自宅が事故物件であれば幽霊駆除の業者紹介、あるいは幽霊が出なくなる防霊スプレー、憑依《ひょうい》に悩んだなら漢方が効く、色々な場面で幽霊が商業利用されている。

御陵があまりにテレビの方を注視していたので、目の前の中年女性が深く溜《た》め息《いき》を吐《つ》いた。

「ねぇ、そちらの方は話を聞いてらっしゃるの」

御陵が何かを言おうとしたところで、隣に座る初老の男性が手で制した。

「いえいえ、それはもう。それで、失礼ながら要点をもう一度お願いできますかね」

ニコニコと笑いながら、男性は中年女性に手を差し出す。彼の首からかかるIDカードには、所長——烏越道終《うえつどうしゅう》の文字。

「ですからね、最近、うちの近所で幽霊が出るのよ。幽霊が出なくなるっていう防霊スプレーも試したけれど全然効果なくて。あ、我が家は中野坂上《なかのさかうえ》にあるのですけどね、夜道を歩いてると奇妙な女の影を見るのよ、それだけじゃなくて呻《うめ》き声や泣き声も聞こえて——」

ええ、ええ、と烏越が根気強く頷いている。

「それでこちら、なんでしたかしら、霊捜研というの？」

「正式には心霊科学捜査研究所ですね」

「そうね、そう。テレビで見たのだけれど、こちら警察の関係機関なのでしょう？　幽霊退治とか請け負ってくれないのかしら」

「霊捜研は全国の警察に付属してますが、ええ、はい、残念ながら幽霊退治を専門にしているわけではございませんので」

「あら、そうなの？　でも幽霊を扱ってるのでしょう？」

「ええ、それはもう。ですが一般的な捜査を行うのではなくて、科学捜査を行う研究所ですので、所員も警察官ではなく研究員でして――」

鳥越が必死に、というより、のらりくらりと中年女性に霊捜研の説明をしていく。つまるところ霊捜研とは、事件現場に残った幽霊の痕跡を集め、科学的に解析し、犯罪の証拠となるよう研究をする場所であり、それが本来の目的だと告げる。言葉の端々に、ここは市民の相談窓口ではない、という訴えを滲《にじ》ませつつ。

「そうなの。まぁ、でも話は聞いてくれるのよね。警察だものね」

しかしなおも理解を示してくれない彼女に辟易《へきえき》したのか、ついに鳥越が、隣で無言を保《たも》っていた御陵を引き寄せた。

「まぁまぁ、そういったご相談でしたら、ここにいる御陵君がお力になれると思いますので」

「おい」

自分がこの場に呼ばれた理由に気づき、御陵がようやく抗議の声を発した。

「あらあら、そちらの方も所員なの？　ごめんなさいね、なんだか随分な格好をなさっているもので、あらやだ、その、帰る家のない方なのかしら、とか思ってまして」

一向お構いなしに、中年女性は御陵の印象をまくし立ててくる。くたびれたコート下駄という出で立《い》ちでは、贔屓目《ひいきめ》に見ようとも取れない色眼鏡、どうあってもまともな所員には思われない。

「実はですね、ご婦人。この御陵清太郎君はですね、生まれは高知の山奥ながら、高校卒業後は日本全国を渡り歩き、各地の霊場で修行を積み、果てはあの昭和の大霊能者・覚然《かくねん》坊阿闍梨《ぼうあじゃり》に術を学んだ、有名な陰陽師なのです」

「おい、烏越のオッサン」

御陵が抗議をしたが間に合わず、既に中年女性は珍しいものを見たかのような、甲高《かんだか》い賞賛の声をあげていた。

「あらぁ、そうなの、陰陽師？　幽霊とかを祓える人よね。そうね、私も普段お世話になってるお寺さんがあるのですけどね、そこでも陰陽師の方は凄い凄いって言うものだから、あら本当、一度そういったところに相談しにいきたいと思っていたものでしてね」

「いや、俺は――」

「ええ、そうなのです。こちらの御陵君は各地で除霊を行ってきたプロフェッショナル。それはもう、何か困ったことがあったら、こちらの彼にお声かけ頂ければ、即座に解決というわけで。さらさらっと」

烏越が喋《しゃべ》りながら何かをメモ用紙に書きつけ、そのまま中年女性に渡す。対する彼女も満足気な表情を浮かべてから「そろそろ時間だから」と、席を立とうとする。

烏越と御陵も、ようやく解放されたことに胸を撫《な》で下ろし、どこか晴れやかな表情で、その中年女性を霊捜研の玄関口まで見送った。

「かぁ、疲れたちや」

「お疲れさん、御陵君」

中年女性の姿が見えなくなるまでお辞儀をしていた烏越が、ようやく上体を起こして御陵に振り返った。

「霊捜研はお気軽な相談場所やないぜ。烏越のオッサンも、よう付き合わんでええじゃか」

「いやね、これも広く市民に愛される研究所を目指してのことだよ。なんといっても人の死やら、幽霊を扱う場所だからね。少しでも明るくしなくちゃ」

烏越が福々しい笑顔で御陵に向かって頷き続ける。

玄関口を見れば、小洒落《こじゃれ》たホテルと言っても過言ではない造り。建物の外観も含めて、地域の住民に不安を与えないという目的で、こうした設計になっているとのこと。

「そう言うがよ、わざわざ所長が出よるモンかや」

「暇なのが僕と新人の君だけだったのよ」

つくづく呑気《のんき》なものだ、と御陵は肩を落としてみせる。

「それで、さっき何を書いて渡しよったがか」

「君の電話番号だよ。ああでも言わないと、あのオバサン、帰ってくれそうになかったからね」

御陵の歪《ゆが》みきった口から文句が飛び出すより先に、烏越は耳を塞《ふさ》いでそそくさと逃げ出していた。

薫風爽《くんぷうさわ》やかなりし季節。

開け放たれた窓からは四季の森公園の木々が見え、穏やかな風を運ぶ。並べられた机の数よりも少ない所員達が、各々《おのおの》のんびりと仕事を続けている。その中にあってただ一人、御陵だけが下駄履きのまま両足を机の上に投げ出して、異様な殺気を放っている。

「ミサさん、行儀悪いッスねぇ」

ちょうど背後を通りかかった小柄な女性が、やんわりと御陵を窘《たしな》める。吾勝殊《あがつことな》。この春に霊捜研に入所した御陵にとっては、一応の同期にあたる。

「構わんでええき。俺は今、所長を威嚇《いかく》してんねや」

じろり、と御陵が所長席の方を睨《にら》みつけると、烏越がコーヒーカップを掲げて、にこやかな笑みを送り返してくる。こうあっては、御陵の方も毒気を抜かれるばかり。

「どうせまた、変なもの押し付けられたんスよね。でも所長を威嚇しても無駄ッスよ。あの人、瓢箪鯰《ひょうたんなまず》の絵柄の昼行灯《ひるあんどん》ですもん」

「最悪じゃ」

「それよりミサさん、聞いたッスよ。例の白金トンネルの幽霊自動車の事件の時、景気良く心霊科学捜査官って啖呵《たんか》を切ったらしいじゃないスか。カッコイイ〜。いよいよミサさんも、霊捜研の捜査官っていう自覚が芽生《めば》えたんスね」

「茶化《ちゃか》すなや。自信満々に言うたはええが、その次の仕事が区民の苦情相談じゃき。嫌になるちや」

「ま、捜査官っていっても大したモンじゃないっスよ。それに霊捜研《ここ》はそんなしゃちほこばって何かするところじゃないっぽいんで、ミサさんも気楽に行きましょ」

それだけ言うと、吾勝はコーラの缶を手に悠々と自分の机の方へと帰っていく。取り残された御陵は、鼻を鳴らして答えるのみ。

実に長閑《のどか》なもんだ。御陵は心中で呟《つぶや》く。

窓の外で木々が揺れている。外から聞こえるのは子供達の遊ぶ声だけ。都会の空気には慣れたが、人間の手で管理され、植えられた樹《き》というのは未《いま》だ馴染《なじ》めない。御陵が思い出すのは、故郷である高知県の山々だった。

御陵は、これでも幾度か修羅場のようなものはくぐり抜けてきている。切った張ったの人生でもないが、《怨素《おんそ》》に絡んだ人の死には関わってきたつもりだ。その力を買われて霊捜研に来た。その自負もある。自分にしかできない仕事があると信じている。

しかし――

「東京に来たんは、間違いやったがか」

御陵がぼそりと呟くと、目の前に数冊の本が積み落とされた。

「暗いねぇ、暗いよぉ」

「げ、曳月《ひきつき》」

「さん付け。年上かつ先輩でしょぉ？」

御陵の机の前に、さらに数冊の本を抱《かか》えた女性が現れる。

紫のリボンで結んだサイドテールを愉快そうに揺らし、可愛らしく、そして意味深な笑みを浮かべている。白衣の下に着込んだフリルまみれのロリータ・ファッションも、この女性の持つ謎《なぞ》の凄みを演出している。

「曳月柩《ひつぎ》主任研究員殿」

「オッケーよん」

曳月は笑みを崩すことなく、御陵の方に顔を寄せる。美人というよりも、童顔の上に化粧映えする顔だが、この女性の愛嬌のある微笑みが御陵にとっては何よりも苦手だ。

曳月にとって御陵は、唯一の年下の男性所員という立場だ。配属以来、何かと世話を焼いてくる。御陵にとっては姉のような存在であり、面倒さもまた同様。飲みの席に付き合わされると、一方的に話しかけられ、訳の解らない新興宗教の勧誘――曳月本人は教義などよりミーハー的な興味で無数の信仰をコレクションしているらしい――をし始め、それに飽きたらその場で寝る。気立ては良いが、酒癖と趣味が悪いといった具合。

「あ、それより清太郎ちゃん、そんなに暗い顔してるなら、この本の広告にある幸運のブレスレット買わない？　今なら教祖との握手券がついてるんだよ！　もし買ったら、それだけ頂戴《ちょうだい》ね」

「誰が買うか、新興宗教マニアめ。それよりなんじゃ、曳月さんが来ゆう時はろくな用件じゃないがよ」

「いやぁ、〈星知《せいち》の光〉の教祖様のサイン本が当たったから自慢しようと思ってぇ。ほら見て、教祖様、イケメンだよね？　ファンになっちゃいそう。あ、でもでも〈真心の教え〉の教祖も好きだなぁ」

「用がないなら去《い》ねや」

御陵が唇《くちびる》を曲げて抗議の意を示すと、曳月は面白そうに首を傾《かし》げてから、しなを作って机に半身を預ける。

「実はぁ、凄いものを手に入れちゃったのよ」

「凄いもの？」

「そうなのぉ。ね、清太郎ちゃん、おネエさんとイイことしない？」

曳月の悠長かつ優艶《ゆうえん》な笑顔に返されるのは、歪みに歪みきった御陵の笑顔。

「うわぁ、超嫌そう」


霊捜研の中の一室、霊子《りょうし》科学調査研究室で曳月の吐息が漏れ聞こえる。部屋には曳月と御陵の二人だけ。窓にかかったブラインドは閉め切られ、僅かな電灯の明かりだけが、あちこちに置かれた霊子顕微鏡や検出器の類いを照らし出している。

「あぁん、清太郎ちゃん、これ凄いのよぉ」

薄暗い研究室の中で、曳月が御陵の目の前で艶《なま》めかしくポーズを取り続けている。

「一人で何を興奮しとるねや」

冷め切った御陵からの言葉に興を削《そ》がれた曳月は、つまらなそうに舌を出してから、おもむろに一枚のＣＤを掲げてみせた。

「これなぁんだ」

「CDじゃろ。見りゃ解るきに」

「ノンノン。ただのCDじゃないんだって。今、巷で噂《うわさ》になってるんだな、これが」

御陵が曳月から渡されたCDジャケットを確かめる。『Dear my …』と題されたポップな印字、全体的に明るい色使い、中央には綺羅《きら》びやかな衣装を着た少女の姿。

「なんじゃこれ、アイドルなんちゅうモンに興味があったがか。宗旨替えでもしよったか」

「フフン、普段は聞かないけどね、これは清太郎ちゃんにも聞かせてあげたくて。今ね、この奏歌《かなう》っていう歌手が人気なんだ。ちょっと待ってね、私のスマホに曲が入ってるから聞かせてあげる。それ、ドスっとな」

曳月はイヤホンを伸ばして御陵の耳に突っ込むと、手元で操作をして楽曲を流し始める。明るく爽やかなイントロが流れ、少女らしい綺麗《きれい》な歌声が聞こえてきた。

「はぁ、突然聞かされてもな、俺はこがいなモンはよう解らんちゃ。確かに可愛らしい歌じゃが」

「まぁまぁ、いいからいいから。サビの部分まで聞いてみて」

少女の歌が聞こえる。御陵には馴染みがないが、恋する気持ちを歌う、至って普通のものに思えた。伸びやかな歌声は確かに心打たれるものがあるが、特別何かあるとも——

こっちに来て。

サビに入った瞬間、小さく女性の声が聞こえた。歌にはない、不気味に囁《ささや》くような声。

「おい、曳月、今」

「あ、聞こえた？」

そう言うと、曳月はスマートフォンを弄《いじ》って再生箇所を戻す。サビに入る直前まで来ると、次の瞬間に再び「こっちに来て」という声らしいものが聞き取れた。

「不気味でしょ。これね、幽霊の声が入ってるって噂のCDなんだ」

「なんじゃ、けったいなモンを聞かせよって——」

「でね、これって、聞くと呪われて自殺するって噂なんだけど」

御陵がイヤホンを引き抜き、曳月の顔面に投げつけた。「ぎゃあ！」と一声。

「酷《ひど》いなぁ、興味あるかと思って聞かせてあげたのに」

「好き好んで呪われとうないちや。なんじゃ、眉唾《まゆつば》にしても気味の悪い」

「いやいや、これが眉唾じゃないんだって」

御陵が近くにある筆立てを投げようと身構える。対する曳月も手にした紙の束《たば》で防ぎながら、あれやこれやと弁明を始めた。

「違うんだってばぁ。これって捜査の一環なのよう。清太郎ちゃん、なんだか暇そうにしてたから、こっちの方にも手を回して貰えるかなぁ〜って。はい、これ」

曳月が防御に使っていた紙の束を渡してくる。

「なんじゃ、この紙の山は。俺に何をさせゆうがよ」

「関連資料よ。そのCDもね、実はとある事件の証拠物件なのよ。実は、清太郎ちゃんが来る前から霊捜研で預かってる案件だったんだけど、この度、君にも協力をお願いすることになったのよ」

「おい、ちくと待ちぃや。とある事件って、そりゃ――」

「そう、そのCDの持ち主は噂通り、自殺したの」

曳月が冷たく言い放つ。御陵が手元のCDを強く睨む。楽しげな印象を受けたジャケットも、その事実を聞いた後では不気味なものに映る。

「ちょっと図に書いて説明するね」

「それ必要か？」

「いるいる。お約束だもん」

そう言ってから、曳月は部屋の隅《すみ》にあるホワイトボードを引きずり出してくる。背丈《せたけ》の低い曳月には重そうだったので、御陵も途中から手伝った。

「自殺したのは権藤正敏《ごんどうまさとし》。男盛りの三十四歳、妻子なし」

キュッキュ、とマーカーペンを使って、曳月が自殺者の名前と経歴をホワイトボードに書き込んでいく。

「権藤氏は千葉県の大学を卒業後、都内の飲料メーカーに勤めていた。生活は安定してたらしくて、借金もないし、交友関係も問題なし」

「なんじゃ、とても自殺するような人間には思えんが」

「そうなのよね。でもまぁ、人の悩みなんて外から見ても解らないこともあるし」

曳月は指を顎《あご》にやってから不思議そうに首を傾げる。

「ただね、自殺する直前のウィスパーのログにもそれらしい書き込みはなかったし。あ、清太郎ちゃんはウィスパー知ってる？　SNSってやつだよ」

「知っとうよ。あれじゃろ、なんやパソコンやスマホで呟きゆうやつじゃ」

「もっと限定的なものだけどねぇ。小さなコミュニティを作って、そこだけでやり取りをする感じだけど、そこでも自殺するような素振りは見られなかった」

ホワイトボードにペンを走らせる曳月が、今度は潰《つぶ》れた鶏もも肉みたいなものと、その下にのたくる蛇のようなものを書き始めた。

「これ東京都と多摩川《たまがわ》ね」

「ああ、自殺者の発見された場所か」

「権藤氏は先週の五月十一日、調布《ちょうふ》市の多摩川河川敷《かせんじき》で発見された」

御陵は手元の資料にも目を通す。

夜の内に多摩川に飛び込み入水《じゅすい》自殺。翌朝、近くをジョギングしていた主婦によって、河川敷に打ち上げられた死体が発見されている。自殺時の目撃者はなし。事故の線も考えられたが、近くの橋に権藤の靴が揃《そろ》って残されていたことから、意図的な自殺と推測された。

「でね、これがぁ、今回見つかった自殺者の遺品」

そう言うと、曳月は近くに積まれていた段ボール箱から次々と物品を取り出してくる。

「スマホに財布、定期券、腕時計、ベルト、ライター」

机の上の機器類は脇《わき》に退けられ、ビニール袋に収まった遺留品が次々とトレイの上に並べられていく。

「飛行機に乗る前の検査みたいじゃな」

「身につけてたものを洗いざらい持ってきてるのよ。こういうものに《怨素》が残りやすいから」

一通り、品物を並べ終えると、曳月は御陵の方を向く。

「『殺された者は、自分を殺した者の姿を瞳《ひとみ》に焼き付ける』」

これまでの雰囲気とはそぐわない、曳月の静かな調子に思わず御陵が身構える。

「ロシアのことわざよ。そしてそれは《怨素》の概念と同じもの。いい？　清太郎ちゃん。霊捜研の《怨素》鑑定が、どうして殺人事件の証拠になるか解る？」

「そりゃ、今言ったロシアのことわざとやらと同じじゃ。《怨素》ちゅうんは人間が死ぬ間際、霊子が漏れ出す直前に考えよったことに大きく影響されゆうがよ。自分が殺される瞬間じゃったら、当然、自分を殺した相手のことを強く思う。無念、未練、そういった強い負の感情が霊子を《怨素》ちゅう毒に変えんねや。そして、その《怨素》は自分を殺した相手に向けて発せられゆう、それが付着した相手じゃったら、つまり殺人犯ちゅう道理じゃ」

曳月は御陵の答えに満足気に鼻から息を吐く。自分のことではないにしろ、どこか誇らしげな表情で腕を組んで頷いている。

「しっかり現代霊子科学の方も勉強してるのねぇ。偉いぞ」

「音名井《おとない》のクソ野郎に怒鳴《どな》られながら教えられたがじゃ」

「ご愁傷様です」

曳月がナムナムと両手を合わせて御陵を拝む。

「それでまぁ、清太郎ちゃんの説明に補足すると、死者の霊子が《怨素》になるのは、強い未練や怨《うら》みを抱えた瞬間で、その感情の対象に《怨素》は付着するのよ。殺されたなら殺した相手や凶器。事故や災害なら土地そのもの。そして自殺したのなら、人生に絶望した張本人。つまり自分自身に《怨素》がつく」

ホワイトボードに向き直った曳月が、再び資料を貼り付けていく。

「でぇ、今回の自殺者の例なんだけど」

曳月は最後に、自殺者の生前の写真を貼り付けた。

「結論から言うとね、《怨素》が全く検出されませんでした」

はぁ、と、御陵が思わず声をあげる。

「なんじゃそりゃ。そういうこともあるがか？」

「なくはないのよね。睡眠中の事故とか災害だと、個人単位の《怨素》は検出されにくいし。代わりに集合状態で出てくるから、それはそれで把握できるんだけど」

「あれじゃや、自殺やのうて、酔っ払って川で溺《おぼ》れたねや。靴を脱いじょったのも、酔った勢いで飛び込みみたいにしたがよ」

「かもしれないけど、どうにも腑《ふ》に落ちなくてねぇ」

そこで、と、曳月は一足踏み込んで御陵の胸元まで顔を近づけ、指先でトントンと、その胸を叩《たた》いた。

「君の陰陽師としての力に期待してるわけよぉ。理由不明の自殺。CDの呪いなんて話は出てるけど、いまいち証拠に欠ける。だから霊子検査でも宗教化学でも反応のなかった《怨素》の痕跡を、少しでも発見できれば御《おん》の字。何も出なくても、まぁ、それはそれで捜査の限界」

御陵は頭を掻《か》いて怪訝《けげん》な表情を浮かべる。

陰陽師としての力を買われるのはやぶさかではないが、霊子科学の見地で発見できなかったものが、果たして個人の霊能力で見つかるものだろうか。自信がないわけではないが、御陵にとって陰陽道やら修験道《しゅげんどう》といった、いわゆる霊能力は霊子科学の枠の外にある。その力が、どこまで捜査に役立つのかは見当もつかない。

「頼みますぞ！　御陵清太郎殿！」

曳月が両手を合わせて懇願《こんがん》する。

「君は、今は亡き、あの覚然坊阿闍梨が見つけた才能！　霊捜研で腐らせるわけにはいかないんだ！」

「あのジジイは生きとるぞ」

チッ、と舌打ち一つ。曳月の方から漏れ聞こえた。

「早く成仏《じょうぶつ》しないかな」

「今度会ったら言うとくわ」

御陵の深い溜め息。

御陵は、自分が覚然坊なる僧侶《そうりょ》に導かれて霊捜研に来た当初の頃を思い出す。自分が持っていた才能のようなものを、きちんと世のため人のために活《い》かせる場。この霊捜研を紹介してくれた恩を忘れたわけではない。

「仕方ない、ただ上手《うま》く出るかは解らんきに」

そう言うと御陵は、コートの内側から五枚の紙片を取り出す。いずれも特徴的な切れ込みが入れてあり、それらを開くと神社の祭祀《さいし》で用いられる御幣《ごへい》に似た形状となる。

「出た、三五斎幣《さんごさいへい》！」

御陵は三五斎幣と呼ばれた紙片を、それぞれケースの中の遺品に撫でつけてから、円陣を組むように机の上に並べる。

「俺の行法は外道じゃ。才はあっても能はないき、いつも危険と隣り合わせじゃ。曳月もちぃと後ろに下がっとれや」

御陵に言われ、曳月も「はーい」と呑気な返事を残して、研究室の壁際へと寄っていく。

それを見て確かめたか、御陵の視線が目の前の御幣の群れに注がれる。その瞬間、にわかに空気が変わり、部屋に薄ら寒い空気が漂い始める。

一般人であっても、無意識下で微量の霊子を外界に漏らしていることがある。これが虫の知らせや勘という形で、何かしらの影響を及ぼすこともある。しかし霊能者とは、それを意図的に操作することができる能力を持つ者であり、自身の霊子を使い、死者の霊子を取り込んで交信し、あるいは占いを行うことができる。

「……七つうねね、谷々までも、咲くや栄える花なれど」

御陵がボソボソと口の中で祭文《さいもん》を呟き始める。

今この時、遺品に残っていた霊子は御幣に移され、御陵の霊子に反応して微《かす》かな動きを見せる。

「花をいさみて三五斎幣、これのりくらえ、静かにかかりて影向《ようごう》なり給《たま》え」

そこまで言い遂げると、風もないのに御幣がゆらゆらと動き始めた。霊子結合が紙の上で再現され、故人の意識の一部が依《よ》り憑いた証拠であった。

しかし、遺品から検出される霊子の数はごく微量であり、なおかつ幽霊の意識などというものは不確かだ。ここで御陵が何かを問《と》い質《ただ》そうとも、明確な答えが返ってくるわけではない。

「で、どうするの？　清太郎ちゃん」

背後から臾月が声をかける。それに対して御陵は、一度振り返り、不敵な笑みを返す。

「聞いたら自殺するCD、面白いちや、そこにもしも《怨素》が込められちょって、その影響で自殺したんがやったら、死んだこの男の霊子はCDに引き寄せられゆうはずじゃ」

御陵が再び御幣を注視し始めると、ゆらゆらと動く数枚の紙片が動きを止めた。

「死んだ人間の霊子は不安定じゃ。証拠になんぞ、なりゃせんかもしらんが、それでも俺にはよう見えるきに」

御陵が手を振ると、微風に煽《あお》られ、円陣に敷かれた御幣がそれぞれ左右に伸びた紙垂《しで》を動かしていく。

「権藤の霊よ、アンタはCDの呪いによって死んだ」

御陵が呟くと、全ての御幣がにわかに動いてみせた。

「はへぇ、これが陰陽術ねぇ。凄いかもかも」

「黙って見とおせ。微妙な動きやき、これは——」

御陵が手を下ろすと、御幣は一旦《いったん》動きを止める。伸びた紙垂の先が、テーブルの上に置かれたCDの方を向いている。

「これってどういうこと？　やっぱり自殺とCDは関係あるの？」

「なんとも言えんが、自殺した男の霊子の一部は、確かにCDの方に引っ張られちょる。このCDに《怨素》があるんがやったら、それに引き寄せられたちゅうことやか」

御陵が御幣を見つめて唸《うな》っていると、曳月が神妙な面持ちで部屋の端に積まれた段ボール箱へと近づいていく。

「私ね、清太郎ちゃんに謝らないといけないんだ」

言いつつ、曳月は段ボール箱から複数の資料と、机に並べられたものとは別の遺品を取り上げ始める。

「実はね、順番に言おうと思ってたんだけど、この自殺事件は普通の自殺じゃないのよ」

曳月は一枚、また一枚と、取り出した人物写真をホワイトボードに貼り付けていく。そして、それぞれの下に名前と死亡日時、そして死体の発見場所を書き加えていく。

「四月十七日、二十六歳の男性、発見場所は和泉《いずみ》多摩川」

机に置かれたのは遺品の眼鏡と手帳。

「四月四日、四十二歳、男性、発見場所は府中《ふちゅう》」

ホワイトボードに書かれたのは死体発見時の状況。

「三月二十一日、三十歳、男性、発見場所は川崎市《かわさき》」

そして、全てに書き添えられた《怨素》未検出の文字。

「この自殺事件はね――多摩川を中心に起こっている連続自殺事件なのよ」

御陵の鋭い視線が、曳月とホワイトボード上の文字を捉《とら》える。

「連続、自殺事件？」

曳月が目を伏せ、愛嬌のある顔を、この時ばかりは憂鬱《ゆううつ》そうにしかめる。

「自殺した全ての人間は、いずれも奏歌というアイドルの曲を聞いている。年齢も職業も、住むところもバラバラな彼らの唯一の共通点。だけれどさすがに霊子科学万能の時代にあっても、聞くだけで人が死ぬなんて与太話《よたばなし》もいいとこ。警察も捜査していたけれど、他ならぬ霊捜研《うち》が《怨素》っていう犯罪の証拠を掴《つか》めてないから、単なる偶然で片付けられちゃってる」

「そがいなわけないじゃろ。この二ヵ月だけで、多摩川で四人も死体が出ちゅうが、偶然で済ませられん」

そう、と曳月は一息つき、そして目を細めてから笑ってみせた。「これは既知の常識では測れない事件。《怨素》の込められたCDによって人が死ぬ。つまり殺人犯のいない死後犯罪」

それは不自然な事件に対する、独善的なまでの興味。霊子科学と霊捜研に対する絶対の誇り。それこそが主任研究員たる曳月柩を形作るもの。

「幽霊、ううん、怨霊によって引き起こされる不可解な事件。それも流行病《はやりやまい》のように広がり、被害を拡大させる可能性を持つもの。私達はそれをこう呼んでいる」

曳月の視線が強く御陵を捉えた。

「祟り事案《インシデント》」

その言葉に御陵は大きく目を見張った。動揺ではなく、恐れでなく、一種の敵愾心《てきがいしん》、宿敵と相見《あいまみ》えた時の武者震い。

「祟りか、そりゃ歯応えのある事件じゃのう」

御陵の呟きに一度頷いてから、曳月は白衣とその下のフリルのスカートを翻《ひるがえ》し、悠然とその手を胸に置いた。

「私達の仕事の一部は《怨素》の発生元、感染源を特定し、犠牲者を減らすこと。いわば幽霊相手の防疫作業。祟り事案は、私ら霊捜研にとって一番骨の折れる相手よ」

曳月の言葉を受け、御陵の脳裏にあの言葉がよぎる。

——こっちに来て。

明るい曲の中で聞こえた不気味な声。それは世を怨み、死んだ者の叫びだったか。聞く者を冥府《めいふ》に誘う悪霊《あくりょう》の囁きは、既に多くの犠牲者を出している。

単なる亡霊を超えた《怨素》の塊《かたまり》である怨霊。

それが憑いた家に住めば人は死に、土地に憑いたならば事故が多発する。個人に憑けば呪い殺され、果ては血縁者にまで死が及ぶ。病毒のように蔓延《まんえん》し、次々と人を死に至らしめる厄災。

それが祟り。

「決めたぜ、曳月」

「何が？」

「祟りゆうんは、昔から俺の領分じゃ。俺が倒すべき相手よ。この捜査、俺が請け負ったちゃ」

意外なものを見るように、曳月が一度目を見開いて、それから優しく微笑んで頷いた。

ようやく捜査官としての仕事を見定めたところで、御陵が机の上に視線を戻す。しかし、そこにさっきまであったはずのＣＤがない。どこかに落としたかと思い、視線を下げたところで――

「いやぁ、これが例の聞くと死ぬＣＤかい？」

鼻にかかった声が聞こえたかと思えば、いつの間にか御陵の横に一人の優男《やさおとこ》がついていた。彼は興味深そうにCDを弄《もてあそ》びつつ、片耳にイヤホンをつけている。

「げ、萩原《はぎわら》。なんでここにおるがよ」

「心霊現象あるところに、僕ら霊捜研の面子《メンツ》ありさ。ああ、良い曲だねぇ、フウちゃんも聞けてる？」

長身痩軀《そうく》の優男——萩原荻太郎《おぎたろう》の後ろに、これまたいつの間にか、霊捜研所員・林風《はやしふう》雅《が》の大きな影がある。二人して恋人の如《ごと》く、片耳ずつにイヤホンをつけて例のCDを聞いているようだった。

「自分は、アイドルというのは解りませんが、良い曲だと思います」

林の気の良い笑顔。それが曲もサビに近づき、例の声が聞こえた辺りで、阿修羅《あしゅら》の如き面貌に変わり、情けない悲鳴をあげた。

「もう、二人ともいつの間に来てたの？」

様子を見守っていた曳月が小さく溜め息を吐く。

「いやぁ、だって柩ちゃんが、せっかくあの聞くと死ぬCDを持ってきたっていうから、鑑賞会でもしようかと。それにね、ほら」

ふと萩原が手招きをすると、研究室に積み上げられた段ボール箱が入ってきた。段ボール箱の脇から、ひょこりと小さな顔が覗く。

「警察から証拠品のCDが届いたッスよ」

「あらら、殊ちゃんまで来たの？」

曳月に笑顔を返す吾勝殊が、段ボール箱一杯に詰め込まれたCDの山を置く。いずれも例のCDと同一のものだった。吾勝はそのままテキパキと、それらを持ち込んだCDコンポにセットしていく。

「全部に例の声が入ってるか、確認作業をするんですよ」

ニンマリと吾勝が笑い、対する霊捜研の所員達も、それぞれ意味ありげに頷く。

「あらぁ、いいわねぇ、心霊CDの聴き比べ」

「岩崎宏美《いわさきひろみ》にレベッカ、かぐや姫、業界に名だたる心霊CDも怖かったけれど、これもなかなか」

「じ、自分は『暗い日曜日』などが気に入っております」

「それ、ウチも知ってるッスよ、聞くと自殺したくなる曲」

和気藹々《わきあいあい》と持ち込まれたCDをかけ始める面々。もはや幽霊の声もただのBGMと化し、心霊談義に花を咲かせる。蚊帳《かや》の外から御陵の冷たい視線が突き刺さる。

「しょうがないね、霊捜研の人達、こういうの好きだから」

「うお、烏越のオッサン」

吾勝と一緒に研究室に来ていたのか、ドリンクホルダーを片手に烏越が佇《たたず》んでいる。御陵が何かを言おうとしたところで、この好々爺《こうこうや》もまた盛り上がる所員達の輪に加わっていった。

「ようついてかれん」

御陵のぼやき。続けて溜め息でも漏らそうかというところで、背後から先に、深い溜め息の音が聞こえた。

「相変わらずの変人集団だな」

御陵が振り返ると、そこにはブランド物のスーツに眼鏡姿の男性——音名井高潔《たかきよ》がいた。

「おう、音名井、なんでおるがよ」

「僕があのCDを持ち込んだからだ」

「おんしも聞いてくがか、呪われるCD」

警視庁捜査零課の刑事たる男が、御陵の伸ばした手をにべもなく振り払う。

「やめろやめろ。それより御陵、事件だ。僕と一緒に来て貰う」

そう告げて、無理矢理に御陵の肩に手をかける。その様子に霊捜研の所員達も気づき、それぞれ二人のやり取りを注視する。

「聞くと自殺するCD、大いに結構。新しい、新しい連続自殺事件の捜査にも繋がればいいが」

「新しい？　どういうことじゃ」

御陵の肩を引っ張りつつ、音名井は苦々《にがにが》しい調子で口を開く。

「さっき、多摩川で新たに自殺者の遺体が発見された」

音名井の言葉に、その場にいる全員が息を呑んだ。

2.

すらりと伸びた足がアクセルを踏み込んでいる。笑いさえすれば目を引くだろう甘い顔立ちには、今も眉間《みけん》に深くシワが寄っている。誰が呼んだか、腹痛のフランツ・カフカ。

音名井高潔。

警視庁刑事部捜査零課の警部補。歳は同じだが、早生まれの音名井の方が御陵より先輩になる。

御陵はこの男が苦手だ。

「僕はな、御陵」

運転席の音名井が助手席で足を投げ出す御陵に声をかける。

「そもそも聞くと自殺をするCDなど信じていない」

と、万事がこの調子だ。

元はといえば、野良《のら》陰陽師として活躍していた御陵が、特例で霊捜研に招聘《しょうへい》され、そのお目付け役として音名井が派遣された。それが今年の春であるから、既に二ヵ月弱の付き合いになるが、未だに慣れることはない。事件の度に顔を合わせ、時に意見を交《か》わすが、根本的なところでお互いを信用しきれていない。

「確かにレコードの原型を発明したエジソンは、その後の研究で霊との交信を目指して多くの発明を残した。霊子メディアもその思想の延長線上だ。だからCDや磁気テープに、この世ならざる者の声が混じること自体は容認しよう。しかし、だからといって聞くだけで人を死に追いやることができるものか」

「やき、それが《怨素》の影響ちゅう話じゃろうがよ。それを確かめるのも捜査が一部やろう」

ふん、と音名井は一笑に付してくる。これには御陵も取り合わず、顔を逸《そ》らして窓の外を眺《なが》める。

流れていくのは穏やかな世田谷《せたがや》区の風景。それを脇目に、御陵は運転席の男のことを考えている。

東京生まれの世田谷住み、典型的なお坊ちゃん。刑事の経歴としては、東京大学文学部卒の準キャリア組という一点のみが際立っている。しかし、それ以外は何不自由なく生きてきたのだろう。刑事の嗜《たしな》みとして揃えたという、イギリス製のスーツにもシワ一つない。対する御陵は、高知県の山村で過ごした後は、逃げ出すように高校を卒業し、以来まともな職に就くこともなく、着の身着のまま、ふらふらと全国を渡り歩いてきた。

まずもって性格が合わないのである。

御陵が音名井のことを神経質な頑固者《がんこもの》と罵《ののし》れば、それよりトーンを低くして、粗野、粗暴、卑俗、蛮人、無知蒙昧《もうまい》、不学無術と倍以上の言葉で責め立てられる。耐えきれなくなった御陵が僅かにでも退けば、意気揚々《いきようよう》と勝利宣言がなされ、耐え忍んで押し黙れば「返す言葉もないのか」と、これまた音名井に軍配が上がる。

できることなら、今でさえ車を降りてしまいたい。それができないでいるのは、御陵自身の意地と対抗心、そして、ほんの僅か、蚊の睫毛《まつげ》についた塵芥《じんかい》程度の、音名井への義理と友情のようなものが残っているからであった。

「それから、君が使う陰陽術というのも、まるきり信用ならん」

「うっさいのう。信用ならんがやったら、すっと車から降ろせ」

「そうはいかん。警察学校で正規の捜査方法を学んでいない君を監督するのも僕の役目だ。それに滅多《めった》な真似《まね》はするな。今は亡き、あの覚然坊阿闍梨の紹介だからこそ、警察も君の無法ぶりを見逃してくれているんだ」

「だから、あのジジイは生きとるわ」

「聞かなかったことにしてくれ」

助手席の御陵は麦わら帽子を目深にかぶり直し、気だるそうに身を放った。窓の外には澄み渡る青空、新緑鮮やかな多摩川沿いの車道。

「それに陰陽術を信じんゆうても、音名井、おんしも捜査零課の人間じゃろうが」

「確かに捜査零課は心霊犯罪や死後犯罪を扱うし、幽霊への逮捕権という特殊な権利もある。だが僕が重視するのは、それこそ霊捜研の科学的な調査だ。従来の科学捜査では立証不可能な幽霊の犯罪、それが霊捜研の科学的捜査ならば、十分に立証できる」

しかし、と言いつつ、音名井はハンドルを切った。車は車道から外れ、土手の下へと降りていく。

「陰陽術、というより世間の霊能力は、未だに十分な証拠になり得ない。主観的なもので、再現不可能、直感に頼った捜査など、とても科学的とは言えない」

「ほぉ、言うのう。じゃがのう、おんしも刑事なら、刑事の勘ちゅうんを大事にせぇ」

「刑事の勘なんて、馬鹿《ばか》げているね」

鼻で笑ってから、音名井は眼鏡を直し、それからアクセルを強く踏み込んだ。タイヤが擦《す》り切れるほどの勢いで、川沿いの砂利道を疾駆《しっく》していく。車体の後ろに砂埃《すなぼこり》が舞う。

「お、おいおい、音名井、安全運転せぇ」

「僕にとっては十分に安全だ」

「がぁ、スピード狂には、ようついてかれん！」

音名井の運転する車は、弾《はず》むように道を突き進んでいく。

御陵と音名井の二人が河川敷を歩いていく。

田園調布《でんえんちょうふ》と川崎の間に架かる丸子《まるこ》橋付近、対岸にはバーベキュー場があり、近くには野球グラウンドで遊ぶ子供達の姿も見える。穏やかな雰囲気が漂うこの地に、物々しい様子で数台の捜査車両と救急車が停まっている。

「丸子橋付近は、昔から水難事故が多発している地域。いわゆる心霊スポットだ」

音名井は歩きながら、用意してきたいくつかの資料に目を通していく。

「残りにくいようだが、この土地で《怨素》が検出されている記録もある。川に溜まった《怨素》に霊子が反応して、生きている者に影響を及ぼしている可能性がある」

「犠牲者は川に憑いた怨霊に引きこまれゆう話じゃ。これまでの自殺事件も川の怨霊に関係するゆうことやか」

「それはまだ解らない。これまでは自殺者の発見が遅れていたから、現場から《怨素》の検出ができなかった」

そこまで言ったところで、橋の下に集まる捜査員達が二人の姿に気づき、その内の一人が駆け寄ってきて封鎖線を解いた。

「おうおう、音名井ちゃんに清太郎ちゃんじゃないの」

特徴的なドレッドヘアにサングラス、鑑識課の腕章があったとしても、一見しては捜査員に見えない人物が声をかけてくる。

「よう、ＤＪ」

「イエア」

御陵と鑑識課のＤＪこと段田常太郎《だんだじょうたろう》が右腕を掲げるや、互いに交差させ、左の拳《こぶし》を突き合わせる。奇妙なノリについていけない音名井の方は、冷静に封鎖線を潜《くぐ》って事件現場へ向かう。

「段田さん、現場の方はどうなってます？」

「一通り鑑識作業は終わってるよ、ホトケさんの身元も判明してる」

ＤＪこと鑑識課の段田を先頭に、一二人も青いビニールシートで覆われた現場へと向かう。中では既に数名の鑑識と救急隊員が陣取っており、その中央で一人の男性の水死体が横たわっていた。

「日吉直則《ひよしなおのり》、三十歳。埼玉県さいたま市在住の会社員。財布もケータイも所持していたし、すぐに解ったよ」

死体の顔は青ざめ、水草が絡《から》まってはいたが、目立った外傷などはなく、ただ眠っているだけのようにも見えた。

「争った形跡もなし。発見は今朝の八時だから、それほど時間も経っていない」

説明を聞きながら、御陵は遺体の傍《そば》にしゃがみ込んで、静かに手を合わせる。

「で、どうよ清太郎。《怨素》の痕跡はあるかい？」

「いや、見ただけじゃ、よう解らん」

言いつつ、御陵は懐に手を伸ばして、霊捜研で使っていたものと同じ御幣を取り出す。

「確かにこの辺に濃い霊子が漂っとる。じゃが《怨素》と呼べるほどかは解らん。それにこの近くに、誰がモンとも知れん《怨素》が渦巻いちゅうきに、この男がモンかは判断つかん」

御陵の手元で御幣が微かに揺れているが、それが風によるものなのか、霊子によって動いているのか、この場では御陵以外には判断がつかない。背後に控《ひか》える音名井も、今はその一挙手一投足を見守っている。

「ただの自殺者じゃったら《怨素》が自分に向かいよる。じゃが、それほどの強いモンは見つからん。で、こいつもやっぱり、連続自殺事件の被害者じゃろう。なら例のＣＤを聞いちょった形跡はあるんか」

「詳しくは調べている途中だが、スマートフォンの中を見れば明らかだろう」

「もしもこれがＣＤに憑いた怨霊によるもの、つまり祟り事案がやったら、ここからア陰陽師の出番やき」

振り返ってから、ニンマリと笑顔を作った御陵に対し、音名井はその頬《ほお》を引きちぎる勢いで引っ張った。

「いつまでも警察の出番だ。そして、お前も今は捜査官だ」

「がぁ、堅っ苦しい奴《やつ》じゃのう」

御陵が音名井の手を振り払い、頰をさすりながら立ち上がる。

「それで段田さん、実際のところはどうなんです？　自殺ですか、事故か殺人の線はありませんか？」

「ああ、それなら自殺で確定、だと思うよ」

段田は振り返り、サングラス越しの視線をビニールシートの外に向けた。その僅かな隙《すき》間《ま》から見えたのは、周囲の捜査員達とは明確に雰囲気の異なる存在。

「あの子が、自殺する瞬間を目撃したんだよ」

シートの向こうに、今にも泣き出しそうな顔の少女がいた。

美野雪《みのゆき》と名乗った少女は、御陵達に深く頭を下げた。

橋から少し離れ、御陵と音名井は彼女を連れ出し、青々と草の生《は》えた河川敷でようやく対峙《たいじ》した。太陽を照り返す長いストレートの黒髪に、薄桃色のカーディガンに花柄の白いワンピースが映える。幼《おさな》く見えるが、これで十九歳だという。

「私が、あの人を殺してしまったのかもしれません」

そう言うと、美野は涙を一粒零《こぼ》した。

顔を上げ、頰にかかった髪を直す。垂れ下がった眉に、潤《うる》んだ大きな瞳が不思議な魅力となっている。

「はぁ、待て待て、そりゃどういう了見じゃ」

少女の雰囲気にあてられ、思わず御陵が手を出して制した。

「きっと私の対応が悪くて、あの人は自殺してしまったんです」

要領を得ない発言に、御陵が助けを求めて隣の音名井を見やる。彼も困り顔を浮かべていたが、さすがに刑事だけあって、こういった場合にも、冷静に受け答えをする心構えはある。

「美野さん、先程から亡くなられた日吉さんのことをあの人と呼んでおられますが、貴女《あなた》は彼と面識はあったのですか？」

「あ、いえ……。面識は、ありますけど」

含みを持たせた答えに、音名井が僅かに顔をしかめる。

「あの人、ヨッピーさんは、知ってます」

「ヨッピーさん？」と音名井。

「本名は知らなかったんです。いつも共通の趣味の場所で会ったり、あとはウィスパーで私のコミュにも入ってくれてましたし」

御陵は先頃、霊捜研で曳月に説明されたウィスパーというSNSを思い起こす。少人数のコミュニティでの会話を楽しむソーシャルネットワークアプリ。

「それじゃあ、貴女は主にネット上で亡くなった男性とやり取りをしていたんですね」

「あ、いえ、他にも私のライブにも来てくれてて」

そう言った時、美野の表情が微かに明るいものになった。自分の宝物を披露する時のような、嬉《うれ》しさと謙遜《けんそん》の入り混じった表情だった。

「私、キューティラボラトリーというグループでアイドルをしています」

「君、そうか、キューラボのメンバーなのか」

「あぁ？　音名井、おんし知っちゅうがか？」

御陵が問いかけると、音名井はつまらなそうに顔を逸らす。

「関係資料で見ただけだ」

二人のやり取りに、美野は微かに微笑んでみせる。

「知って貰えてるだけで光栄です。アイドルっていっても、テレビに出るようなアイドルじゃなくて、いわゆる地下アイドルですから」

ちかあいどる、と御陵がオウム返しに反応する。

「ライブハウスを中心に活動するアイドルだ。ファンとの距離が近く、全国に何組も存在していて、それぞれに熱烈なファンがいる」

「詳しいな、音名井」

「関係資料だ」

片手でスマートフォンを弄《いじ》っていた音名井は、既にキューティラボラトリーという名前のアイドルグループを検索している。横から御陵が覗き込むと、ステージの上で歌う少女達の写真が見える。確かにメンバーの一人として、きらびやかな衣装をまとった美野の姿があった。

「この〝美野ゆきな〟ちゅうんが、アンタか」

「今はカラコンも入れてないし、化粧もしてないから。ごめんなさい、こんなブサイクで」

表示されたプロフィール写真と見比べれば、確かに違いはあるが、それでも少女自身の可愛さに遜色《そんしょく》はない。その旨を御陵が告げると、美野は恥ずかしそうに笑った。

「それで、貴女が日吉さんとやり取りをしていたというのは、つまり彼が貴女のファンだからかい?」

音名井が話を戻すと、再び美野の表情が寂《さび》しげに曇った。

「はい。ヨッピーさんはキューラボのファンで、昨日の晩にもウィスパーでリプライをくれてたんです。ただその時、ヨッピーさん、私へのリプで〝死にたい〟って言ってて」

美野はそう言ってから、自身のスマートフォン――ウサギのキャラクター物で飾られていた――を操作し、ウィスパーのアプリケーションを起動してみせた。

「実は、冗談混じりでそういうふうに言う人って結構いて、その時もそこまで気にしてなかったんです」

美野から渡されたスマートフォンを手に、音名井が次々とページを開いていく。御陵も音名井の脇から顔を出し、事件に関係のありそうな文言を確かめていく。

――ゆきにゃ可愛すぎ。死にたい。

――マジかわ。死ぬ。

――俺、多分死ぬわ。

――死にます。明日の朝一で丸子橋から身投げする。

その言葉を最後に、ヨッピーという人物は、それ以上何も書き残してはいなかった。

「私、最初の頃に冗談だと思って、死なないで、って簡単に返してやり取りを終えちゃったんです。でもなんだか、その後に不安になって、それで最後のところで場所が書いてあったから、気になって……、それで……」

「貴女は今朝方、丸子橋を訪れた」

音名井は捜査資料の一部を手にし、冷淡に言い遂げる。対する美野は悲しそうに目を伏せ、小さく頷いた。

「近くの土手を歩いてたら、橋の上にいるヨッピーさんの姿を見かけて、ヨッピーさんも私がいるのに気づいて、それで、そしたら、そのまま……」

「それで、貴女は日吉さんが飛び込むのを目撃し、すぐに救急に電話をした」

「そうです。でも……、間に合わなくて」

そこまで言うと、途端に美野は顔を手で覆い、喉《のど》を詰まらせながら、堪えるように泣き始めた。

「ヨッピーさん、いつも……、明るくて、リプも楽しくて……。私が悩んでる時も勇気づけてくれて、良い人だったのに、なんで……」

音名井は御陵の方を一度だけ向くと、力なく首を横に振った。

「私が、もっとちゃんと返信してたら、思いとどまってくれたかもしれないのに……。どうして、ごめんなさい、ごめんなさい……」

ひたすらに泣き続ける彼女に対し、御陵はそっと肩に手を置いた。

「人は唐突に死ぬもんじゃき、どんな言葉が最後に交わしたモンになるか解らん。でもよ、人は死んでも霊子は残る。心ちゅうんはある、アンタが今、そがいに悲しみよるんがやったら、その思いもしゃんと伝わっちゅうがよ」

御陵の言葉を受け、美野は泣きながらも何度も頷いてみせた。御陵は彼女の震える肩を摑むと、優しく揺すってみせる。

「いつまでも泣きよったらいかんちや。俺はアイドルのことはよう解らんが、笑顔が大事ゆうんは知っちゅうでよ。ホトケさんも、アンタが笑顔を好きやったかぁらん。おう、笑ってみぃ」

御陵が力強く励《はげ》ますと、美野は何度かしゃくりあげながらも、真《ま》っ直《す》ぐに前を向く。泣き顔のまま、唇を上げて笑ってみせる。

「ありがとうございます、刑事さん」

そう呼ばれて御陵もまた、はにかんだ笑顔を返す。


「それで、彼女から《怨素》は見つかったか」

帰りの車中で、音名井が無遠慮に尋《たず》ねてくる。

「なんじゃ、気づいちょったか。目ざとい奴じゃのう」

助手席を倒し、大きく寝そべりながら、御陵は懐にしまった紙片を取り出した。

三五斎幣。人の霊子を依り憑かせ、その動きを見るもの。御陵は、美野の肩に手をかけた時に、これを隠して擦りつけていた。彼女の体に残る霊子の反応を見るためであった。

「俺の目から見てもよう解らん。何かしらの《怨素》はあると思うが、それがホトケさんのモンかどうか。ちゅうより音名井、おんしはあの子が男を殺しよったと思っちゅうがよ」

「今回の事件は他の自殺事件とは状況が違う。自殺の現場を目撃したというのも特殊だ。しかし、まだなんとも言えないな。全ては遺留品を霊捜研で調べてからだ」

多摩川に暮れかけた太陽がかかり、川沿いの道も藍色《あいいろ》に染まる。河川敷で遊んでいた子供達も既に姿を消した。

車は都心を目指す。ぽつぽつと灯《とも》り始めた家々の明かりが、二人を乗せた車を出迎える。東京の街は寂しげに、夜へ向かう準備を始めていた。

「俺はよ、音名井、あの子は何もやっとらんと思っとる。ありゃ普通に優しい子じゃ。死んだ人間のために涙を流しゆうんは、嘘《うそ》でもそうそうできんがよ」

「捜査に先入観を持ち込むべきではない」

だが、と音名井は続ける。

「僕も、彼女が犯人でなければ良いと思っているよ」

「珍しいのう。あれか、刑事の勘じゃ」

音名井は眼鏡を直してから、緩やかにハンドルを切る。

「それ以下、僕の個人的感情だ」

3.

こっちに来て。


声に誘われ、御陵が夜道を歩いていく。街灯の明かりだけが、ぽつぽつと道を照らしている。屋外だというのに、家の影も見えず、ましてや人の往来などない。

御陵は早々に、これが夢であることを悟った。

こっちに。

夢であると理解しても、体は思うように動かず、ただ声に従って前へ、前へと進んでいく。その先に、白い服の少女の影がある。彼女を追わなくてはいけない。あっちに行かなくては。

ようやく声の主を仰ぎ見たところで、いつの間にか、御陵の足元は暗く澱《よど》んだ川になっていた。膝《ひざ》まで浸《つ》かってなお、御陵の体は前へと進んでいく。

少女の影が微笑んだ。流れる川の中央、浮かぶように立っている。

川の流れが急に激しくなる。既に首元まで水が及び、飛沫《ひまつ》が口に、鼻に、やがて視界まで覆っていく。

「アンタ、霊じゃろ」

思考とは別のところで、御陵が声を発した。その声に少女の姿は掻き消えていく。

その間際、少女の顔が美野雪のものに変わった。

御陵が自室で目を覚ます。

敷きっぱなしの煎餅布団《せんべいぶとん》から身を起こすと、周囲を確かめる。いつもと同じ六畳一間のアパート。散らばったゴミに、投げたままの本。大家にどやされるのにも慣れた。何も変わらない風景に、それでもいくらか安堵《あんど》できた。

御陵が窓に手をかける。

神田川《かんだがわ》沿いの古アパートだ。窓を開ければ澱んだ川の臭いが漂ってくる。とてもじゃないが、あそこに浸かる気分になどなれない。たとえ夢の中でも、ましな川を選んでくれたことに感謝する。

御陵は月明かりと街灯の光を招き入れ、枕元《まくらもと》に置かれた三五斎幣に目をやる。数枚の紙片の内、一枚が破れていた。

それを見て何か思い立ったのか、御陵が突如として台所へと向かう。

冷蔵庫を開け放つと、夕食に作った焼きナスの残りと玉ねぎを取り出し、乱雑にまな板の上へと投げ落とす。ふう、と一息。包丁を持ち、それらを細かく刻み始め、マヨネーズで和《あ》え、胡椒《こしょう》とレモンで味を調える。サラタ・デ・ヴィネテ。深夜になって唐突に作ったルーマニア料理を振る舞う相手などいるはずもなく、山盛りの皿と食パンを掴んで布団の方へと戻る。

霊に障《さわ》られた時は、とにかく何か食べろというのが祖母の口癖《くちぐせ》だった。それだけで霊を遠ざける力になる、と。そこにプラスして、世界の珍しい料理のレシピを教えてくれたのは、何かと世話になった覚然坊だった。御陵は二人の教えを今も守っている。それが高じて料理を趣味にしているとは、恥ずかしくて人には言えずにいたが。

あっという間に半斤《はんきん》のパンと焼きナスのペーストを平らげ、御陵は深く息を吐《つ》いた。自分が生きていることを強く確かめた。

破れた三五斎幣が、夜風に吹かれて舞った。

――大分、強い《怨素》じゃ。

霊能者であればこそ、この《怨素》から身を守る術《すべ》を心得ている。しかし、そうでない一般人が捉えられたら――

御陵は夢の中で浸かった川の心地よさを思い出す。あの少女に近づけるのなら、いっそ向こうまで行ってしまっても良かった。そう思えるほどの感覚。

御陵は自殺していった者達を悼《いた》み、小さく祈りを捧《ささ》げる。供養ついでに煙草《タバコ》を吸おうと思ったが、東京に出てきて以来、禁煙していたことにはたと気づいた。

「住みづらい街じゃのう」

第二章——呪《のろ》われたアイドル

1.

翌日、霊捜研の研究室に御陵《みささぎ》と曳月《ひきつき》が呼び出された。

招集したのは、《怨素《おんそ》》の形態を調べる心霊疫学の専門研究員である萩原荻太郎《はぎわらおぎたろう》——ちなみに面倒な名前は母親が再婚したせいであり、彼曰《いわ》く「これも愛の煩《わずら》わしさ」とのこと——だった。

「いやぁ、清太郎君もいよいよ祟り事案《インシデント》に関わっちゃったねぇ。後はまぁ、心霊科学捜査官としてのお手並み拝見かなぁ」

萩原は長く結んだ後ろ髪を揺らして、ニタニタと笑いながら手元で頭蓋骨《ずがいこつ》の模型を撫でている。定期的に頭蓋骨に触れていないと落ち着かない性癖らしい。

「前置きはええ。それで、鑑定結果が出たんか?」

御陵の呼びかけに対し、萩原は背後のスクリーンに二枚の画像を映しだした。

「まぁ、出たわけなんだけど」

萩原が痩《や》せぎすの体を揺らして、曖昧《あいまい》な答えを返す。

「これが現場から出た《怨素》の型。一枚目が自殺者の遺品から出たもので、二枚目は自殺者自身の毛髪サンプルから検出されたもの」

三人がスクリーンを注視する。

そこには霊子《りょうし》顕微鏡によって得られた画像——細菌のような浮遊物が、分子モデル状に結合した霊子の姿だった——が映しだされている。

霊子結合体である《怨素》は、個人のニューロン結合に応じて千変万化《せんぺんばんか》するが、それは複雑なパターンの繰り返しであり、ここでは星形と六角形状の組み合わせが基礎となった型であると判別できた。

「見比べて貰えると解ると思うけど、二つで微妙に違いはあるものの、検出された基礎パターンは同じだよ。改めて言うまでもないけど、僕の《怨素》鑑定で誤差はないよ。指紋照合やDNA鑑定よりも精密だからね」

萩原の説明に曳月が手を上げる。

「しつもーん。これまでの自殺者の鑑定結果も同じなの？」

「今回は死体が早く発見されたのが大きかったね。今までの状況だと、多摩川自体に残っていた無数の《怨素》に影響されて、どれが一番強いものか解らなかった。それが今回の事件のお蔭《かげ》で、改めて《怨素》を同定することができたよ」

萩原は落ち窪《くぼ》んだ目のまま、不気味な薄ら笑いを浮かべる。

「結論から言うと、全ての自殺者の遺品から、これと同じ型の《怨素》が検出されたよ」

その言葉に、御陵と曳月が身を強張《こわば》らせた。

二人が何かを言うより先に、萩原は頭蓋骨を置くと、手元のノートパソコンを操作し、三枚目、四枚目と、次々に画像をスクリーンに表示していく。

「解っている限りの全ての自殺事件、その遺留品から同一の《怨素》が検出された。これは間違いなく、祟り事案と言って良いだろうね」

「じゃったら萩原、型が解ったちゅうことは、その《怨素》が持ち主も特定できとるんじゃないやか？」

御陵からの質問に、萩原は目を細めてから、うぅん、と低く唸った。

「型自体はね、F6型といって、女性、それも年若い女性に多く見られる型だった」

「それなら、あのCDに入ってる声と同じよね。やっぱり例の声の持ち主が怨霊なのかしら？」

曳月が顎に指を当ててから、何か意見を求めるように御陵の方を向く。それに伴い、御陵も前日に聞いた声の正体を思い起こす。

「俺も昨日の晩、夢を見たがよ。誰とも知らん女が、こっちに来てちゅうて、川の中へと入る夢やき」

御陵は続けて夢の内容を話したが、ただ一点、美野の顔を見たことは告げなかった。これればかりは怨霊とは関係のない、自分自身の勝手な想像だと思っていた。

「おや、清太郎君。それって――もしかして危険だったんじゃないのかい？」

萩原が心配そうに御陵の顔を覗き込む。

「じゃろうな。今まで自殺しよった人間も、こがいなふうに夢にでも見て、自分も死んでしまおうと思うたんがやろ。ああ、萩原や曳月は心配せんでええ、俺が霊に影響されやすいだけやき」

「それはそうよねぇ。いくらインディーズとはいえ、CD自体は数千枚は流通してるはずだから、聞いた人全員が自殺するなんてあり得ないわけだし」

「それなら、何か自殺者に特有の要素が絡んでいるのかもね。それがトリガーになって、自殺してしまったか。いや、全くランダムという線も考えられるけど」

萩原はそう言ってから、再び手元のノートパソコンを操作する。するとプロジェクタを通し、スクリーンに新たなイメージが浮かび上がった。それは、先の《怨素》の一部を拡大し、新たに補整を加えたもの。歪んだ六角形のパターン。

「ヒントになるか解らないけど、今回の《怨素》の特徴としては、霊子結合の一部のパターンにエクスターゼという結合体が生まれてるんだ。まぁ、この辺は霊子物質と宗教化学に詳しい曳月先生の専門でしょう」

萩原から名指しされた曳月は、そこで何かを思いついたように、素っ頓狂《すっとんきょう》な声をあげてから、ぱん、と両手を打った。

「ああ、エクスターゼか、そうかぁ！」

「かぁ、俺にはさっぱりじゃ、説明せぇ」

「あのね、清太郎ちゃん。エクスターゼってのは、特定の状況で生まれる霊子物質でね、いわゆる宗教的エクスタシーを経験した人間の霊子だけに生まれるものなのよう」

曳月の説明に御陵は顔をしかめ、面倒そうに顎に手を置いた。

「おい、もう少し詳しく説明せぇ」

「つまり、宗教的エクスタシーっていうのは、霊能者やシャーマンなんかが感じる、一種の神や精霊に近づく感覚で、宗教化学では多幸感と離人感を伴う脳内物質と霊子の結合状態を指すのよん」

「じゃあ、この《怨素》が持ち主は、宗教家ちゅうことやか？」

御陵が問いかけると、曳月は意味深な笑みを浮かべてから首を振った。

「宗教化学の発達する前は、宗教家に特有のものだと思われてたけど、ようは宗教的エクスタシーを感じた人間だったら、誰にでも生まれる霊子物質でね。プロスポーツ選手みたいな、多くの観衆に囲まれてる中で活躍する人にも生まれるのよ」

それでね、と曳月は自身のノートパソコンからエクスターゼに関するデータを引き出し、新たにプロジェクタを経由してスクリーンに投写した。

「これが多分、今回の件に一番関係のあるエクスターゼの例かな」

スクリーンには、霊子結合のパターンの中で識別するために色分けされた、六角形の結晶体が映っている。

「これは《怨素》じゃないけど、とある有名人の霊子結合の例」

「あぁん?」

「この霊子の持ち主は芸能人。特に世間的にはアイドルとして人気のある人のもの」

曳月からの答えに、御陵は喉の奥で言葉を飲み込んだ。

アイドルという存在は、多くのファンに囲まれ、ステージという場所で歌い、踊る。神がかりのように、自分ではない自分を感じる瞬間。その状況はまさしく一種の宗教家であり、エクスターゼを脳内に生じさせる好例になる。

「おい、待っちょくれ。つまりアイドルちゅうんが、この事件に大きく関わっとるゆうことやか」

御陵の脳裏に、夢の中で見た美野の姿が浮かぶ。

自殺したファンのために涙を流した少女。アイドルであった、あの少女に疑いの目が向けられる。御陵にとって、その理不尽さは許しがたいものでもあった。

「俺は昨日、アイドルつう女の子に会うたがよ、じゃあ何か、その子が事件の犯人じゃって言いよろうが。道理じゃないちゃ。あの子は生きとる。《怨素》が持ち主になるわけないじゃか」

「何を言ってるのさ、清太郎君なら知ってるでしょ。生きてる人間の《怨素》の方が怖いってことくらい」

その途端、御陵は近くの机に拳を打ち付け、軽口で応じた萩原を射竦《いすく》めるように睨む。

「やだなぁ、そんな怖い目をしないでよ、清太郎君ってば」

不穏な空気を漂わせる御陵をなだめすかしてから、萩原はノートパソコンを操作して、新たに一枚の画像を表示させた。

「僕も最初は、そのアイドルの女の子を疑ったんだけどね。でも違うね。これは昨日、清太郎君が持ち帰った、そのアイドルの子の霊子を依り憑かせた御幣の鑑定結果だよ」

スクリーン上に映るのは、これまでの三枚の《怨素》とよく似たパターンを持つ霊子結合だった。

「実は微量だけど、その女の子からも同一の型の《怨素》が検出されたんだ。そしてそれは、女の子自身の霊子の型とは一致していなかった」

その説明を受けると、御陵は鼻から深く息を吹き出し、小さく頭を下げて萩原に非礼を詫《わ》びた。隣についた曳月も、ホッと小さく息を吐く。

「全く、研究室に籠もると良くないね。データだけを見て、簡単に人を疑うようになってしまう。清太郎君が現場に出てるのも、その辺をしっかりと学ぶためなんだろうね」

眼鏡を直しつつ、萩原は続けてスクリーンに《怨素》の鑑定結果を描き出していく。自殺した日吉のものと、これまでの自殺者、そしてアイドルである美野から検出された《怨素》の型が並べて表示され、次にはそれらが重なり、一部に同一のパターンが見て取れる。

「これが、今回の祟り事案を引き起こしている《怨素》そのもの。そして、この持ち主を見つけるのが、新人である君の最初の大きな仕事さ。ま、頑張ってね」

スクリーン上には蠢《うごめ》く《怨素》の姿。

病原菌を詰め込んだ万華鏡のように。壊死《えし》していく細胞のように。不吉に不気味に、刻一刻と姿を変えながらも、基礎となる型が明確に浮かび上がってくる。それはどこか悪鬼の表情にも見えた。

その姿を見て、ふいに御陵は顔をしかめる。

「そもそも、あのCDは奏歌《かなう》ちゅうアイドルがモンじゃ。そして、あのアイドルつう女の子にも《怨素》は付着しちょった。自殺者もそのファンやき、どこかしらで同じモンに接触しゆうこともあっつろう。じゃったら、そこから調べよったらどうじゃ」

その言葉に萩原と曳月が共に頷いた。

「そう言うと思って、実はこの鑑定結果を既に警視庁の方にも提出してあるんだ」

萩原が楽しげにそう言うと、見計らっていたかのように研究室の扉が開けられる。

前日と同様に、そこに音名井《おとない》の姿があった。

「御陵、悪いが今日はライブに付き合って貰う」

「おう、音名井。ちょうどええ。おんしに聞きたいことがあん……、なんじゃって?」

二人の言葉が重なり、直後、御陵の方は目を白黒させた。

「現場に行く、と言っているんだ」

2.

御陵が大きく重い扉を開けると、圧倒的な音と光が襲ってきた。

渋谷道玄坂《しぶやどうげんざか》の小さなライブハウス。赤、緑、青、ピンク、黄色。色とりどりの照明が暗い会場を突き刺す。巨大なスピーカーから響くアップテンポなメロディー。薄く焚《た》かれたスモークが、会場を幻想的に浮かび上がらせる。

その中で幾人もの男達——一応、数は少ないが女性の姿もある——が、熱狂的に叫び声をあげていた。彼らもまた、照明に合わせて手にしたペンライトを一斉に振り回し、ネオンサインのように光り輝かせている。ステージには既にアイドルグループが上がり、白いフリルのついた衣装を伸びやかに翻しながら歌い続けていた。

「御陵、こっちだ」

暗く熱苦しい会場の隅で、音名井が僅かに手を上げた。周囲の人間達から明らかに浮く、いつも通りのスーツ姿で。

「遅かったじゃないか」

「渋谷ちゅうんはよう好かん。ごっつい人がおるきに、ここまで来るんが一苦労じゃったわ」

溢《あふ》れ続ける音と光の中で、それでもいくらか落ち着ける場所を求め、二人はドリンクカウンターまで引っ込む。音名井は既に緑茶を手にしていたが、御陵もここでビールを注文した。

「酒を飲むな。公務中だぞ」

「俺は刑事じゃなかろうが。それにアイドルのライブちゅうんはよう解らんが、まぁ祭りみたいなもんやき、酒も入れんで何を楽しみゆうがよ」

御陵は、この場の熱狂に故郷の祭りの風景を思い出していた。祭り好きな性格は直らない。アイドルのライブというものには不慣れであっても、この状況を楽しもうという気構えはある。

喜々としてビールの注がれたカップを受け取る御陵を横目に、音名井は小さく溜め息を漏らす。しかし、その声も会場の熱気にすぐさま掻き消された。

「それで音名井、すっと説明せぇ。このライブはなんじゃ」

ビールで口を湿らせてから、会場端にある柱の下で御陵が尋ねかける。

「順を追って説明する。まず今朝方、霊捜研から《怨素》に関する鑑定結果が送られてきた。それはお前も見たものだと思うが、これによって零課も同一の《怨素》による祟り事案と断定した。そしてこれまでの捜査で解っていたことと合わせ、このライブにいる人間から重要な参考証言を得られると踏んだ」

「おう、そりゃどういう訳じゃ」

「自殺被害者達はいずれも、こういった地下アイドルのファンだったことが解っている。そして、なおかつ奏歌というアイドルのCDを聞いていた。しかし、何故《なぜ》どうして、彼らだけが自殺に及んだのか」

音名井がステージ上に視線を送る。眼鏡越しの鋭い眼光が、歌って踊るアイドル達と、それを応援するファンの姿に向けられる。

「今ここに集まっている者のなかにも、例のCDを聞いた者がいるだろう。彼らと自殺被害者達に共通するものが何で、逆に何が共通していないのか。祟りが発生する条件を見極める必要がある」

御陵が顔を険《けわ》しくするのと同時に、会場の空気が変わる。それまで歌っていたアイドルが簡単にMCを済ませ、舞台袖《そで》へと引き上げていく。

「それじゃ何か、ここにおる人間の中から、また自殺しよる者が現れるかもしれんちゅうがよ」

「それは解らん。可能性の問題だ。それを防ぐことも目的だが、今日はむしろ……」

音名井が言いかけたところで、ライブハウス全体が暗転し、同時に明るい曲調が流れ始めた。

「始まるみたいだ。また後で話そう」

何気なく歩き出す音名井を追って、御陵も会場の端を移動し始める。イントロが流れ続ける中、ステージ側に陣取っていたファンが後ろに下がり、代わって別の一群が前を目指す。彼ら全員が同じ黒のTシャツを着ており、そこにはピンクの文字で「Cutie Laboratory」と印字されていた。

「みんなぁ！　おまたせぇ！」

声が響き、それと同時に照明が突き刺さる。

ステージ上に立つのは、それぞれ色分けされたドレスに、形状を変えた白衣をまとった五人組の少女。

「それじゃあまず聞いてください！　『恋の事象地平面《イベントホライズン》』っ！」

ユニットの中心でマイクを握るポニーテールの少女が叫ぶと、曲に合わせて五人の少女が歌い始める。狭いはずのステージを縦に横に、それぞれが優雅に踊りながら位置を変えていく。

「ありゃあ、昨日の子か」

御陵はステージで歌う美野ゆきなこと、美野雪の姿を見つけた。薄紫色のスカートに、胸元で合わせたフレア袖の白衣。ターンを決める度にリボンを結んだ長い黒髪が揺れ、衣装が翻る。

「昨日、あれから彼女のことを調べたよ。美野ゆきな。栃木《とちぎ》県から上京し、去年からアイドル活動を続けている」

盛り上がる会場とは正反対の調子で、横についた音名井が説明を加えていく。

「そして、そうだな、人気で言うと……、見てみろ」

歌はサビに入り、少女達がそれぞれのソロパートをこなしていく。その都度、前列のファン達は個々のアイドルに合わせた色のペンライトを振っている。赤、ピンク、黄色、青。しかし、美野の番になると明らかに光の数が足りないように見えた。

「五人中五番手、最下位だな」

「ああ？　なんでじゃ、あんなに可愛いし、歌も上手いちや」

「アイドルというのは難しいからな。可愛いだけじゃ人気は出ない。ファンとの距離感が近すぎても遠すぎてもいけない。昨日の調子を見た限り、あの子はどうも真面目《まじめ》すぎるのだろう」

御陵はつまらなそうに唇を曲げる。他人事とはいえ、一人の少女が他の同年代の人間と比べられて優劣をつけられる光景が、どうにも気に食わない。

「キューラボ自体、アイドルグループとしての人気も高いわけではない。あのリーダーの〝真白《ましろ》ひかり〟一人の人気で持っているようなものだ。美野ゆきな一人だけを推しているファンはあまりいない。自殺した日吉も、推しは真白の方だったんだからな」

「推しってなんじゃ」

「自分が強く応援するアイドルのことだ。転じて、それを推しているファン自身のことも指す」

「詳しいな」

「か――」

「関係資料か」

音名井の顔が奇妙に歪む。それ以降は何か返すでもなく、後はステージ上だけを注視し始めた。御陵もそれにならい、ステージで歌い踊るアイドルの姿を見続ける。

不思議な感覚だった。

前日に見た時には、普通の少女に見えた美野が、この場にあっては、まるで別人に思える。

曲に合わせ、明るく、元気に、可愛らしく、歌っては跳ね、ステップを踏んではマイクに声を乗せる。照明に照らされた彼女は、他の四人と比べても見劣《みおと》りはしない。むしろ直《ひた》向《む》きに、ただ全力で歌う彼女の姿は、誰よりも輝いて見えた。

——ただ、余裕はなさそうじゃ。

一曲終わるまで見続けて、その中でも御陵は複雑な感情を抱いた。あの時に見た悲しげな表情はここにはない。短いＭＣの間も微笑みを絶やさず、一所懸命に観客に話しかけている。

相当に努力を重ねてきたのだろう。淀《よど》みなく、つかえることもなく、自分の出番をこなしたら、次のアイドルに出番を譲った。しかし、彼女にはどこか必死なものが残っている。恐らくはファンもどこかで、彼女のその無理をしている様《さま》に気づき、そして離れていってしまうのかもしれない。

「アイドルちゅうんは、因果《いんが》な商売じゃのう」

御陵の小さな呟きは、次に流れ始めた曲と沸き上がる歓声によって掻き消された。

「おい、音名井、ありゃなんじゃ」

御陵の視線の先、前列のファン集団が円陣を組み、それぞれペンライトを掲げて奇声を発する。

——タイガー！　ファイヤー！　サイバー！　ファイバー！　ダイバー！　バイバー！　ジャージャー！

異様な熱気の中、歌い出しに合わせてファンが声を揃えている。

「なんじゃ、何が始まりゆうがよ！」

「あれはミックスだ。合いの手のようなものだ」

「そうか、いや、俺は何か儀式の祭文がやと思うちょったが」

――虎《とら》！　火！　人造！　繊維！　海女《あま》！　振動！　化アッー繊！

「お、おい、またなんか言うちょるぞ」

「あれはミックスをさらに日本語訳したものだ。アイドルのライブだと割とポピュラーなものだな」

「お、おう……」

ファン達は一仕事成し遂げ、爽やかな笑顔でステージ上のアイドル達を応援し始める。手拍子を打ち、それぞれの命の限り、張り裂けんばかりの大音声で好みのアイドルの名前を叫び続ける。

曲も盛り上がり続け、サビからの間奏に入った瞬間、再びファン達が円陣を組んで先程と同じように叫び始める。

――チャペ！　アペ！　カラ！　キナ！　ララ！　トゥスケ！　ミョーホントゥスケ！

「おい！」

「慌てるな、アイヌ語訳だ」

「いや待て、それは本当は呪文《じゅもん》なんじゃないやか……？」

ファンらによる整然かつ凄絶《せいぜつ》なミックスが入った直後、曲は転調し、照明はステージ中央のみを照らす。そこへリーダーである真白が進み出て、最後のサビのソロパートへと移っていった。

それに合わせ、ファン達もまた前列に集まり、ペンライトを掲げ、各々が手を伸ばして祈るような仕草《しぐさ》を始める。

「あらかじめ言っておくが、あれはケチャだ。アイドルを崇《あが》め讃《たた》えるように手を伸ばす光景が、バリ島の呪術《じゅじゅつ》的舞踊であるケチャに似ていることから名付けられた」

「解らん、俺にはアイドルのライブちゅうんが解らんぜよ」

一人の少女に向かって、幾人ものファンが手を伸ばし、はためかせている。ペンライトの五色の光が舞う。幻想的な光景だが、それ以上に狂気にも似た熱気が伝わってくる。

——宗教的エクスタシー。

曳月の言った言葉を思い出し、御陵は低く唸った。

この光景は確かに、ある種、宗教的な場面でもある。ステージという聖別された空間に、アイドルという少女は依代《よりしろ》として立ち、歌い、踊る。熱狂と陶酔。そして多くのファンが一体化し、何かを求め、祈るように声をあげる。この場に明確な神はいないが、偶像《アイドル》を信仰して、今まさに彼らは宗教的秘儀を再現しているのでは。

益体《やくたい》もない想像だけが御陵の脳を巡り、それを消し去るように頭を振った。それとほぼ同時に曲も終わり、会場からは歓声があがった。

「はーい！　これで私達の出番は終わりだけど、ここで告知をしたいと思います！」

ステージ上ではリーダーである真白が大きな身振りを加えて、最後のMCを終える。残る四人もそれぞれ会場に向かって手を振りつつ、舞台袖へと去っていく。

その一瞬、最後の方で小さく手を振り続けていた美野が、会場の隅にいる御陵達を見て、僅かに微笑んだ。

それを見て、思わず御陵は手を振り返していた。

「どうした、御陵？」

「いや、今よ、あの子が俺の方を見て笑いよったが」

「アイドルのファンにありがちな考えだ。あそこから暗い会場が見えるわけがない」

つまらん奴、そうした感慨を込めて、御陵が鼻で笑う。

「それより、話の続きじゃ。今日ここに来よったが、あの子らを見るためじゃいか。おんしもあの美野が、自殺に関わっちゅうと思うたがやろう」

「いや、違う。むしろ疑うべきは——」

その途端、それまでとは比べものにならないほどの歓声が沸き起こった。

会場が暗転し、スポットライトがステージの中央を照らす。

「みんな、今日も来てくれてありがとぉー！　それじゃあ早速、いつも歌ってるよね。『Dear my…』から」

声が響く。

澄んだ声。ライブハウス全体を包み込むかのような、優しく、それでいて芯《しん》の通った力強い声。やがて例のＣＤで聞いていた曲のイントロが流れ始める。すると先程よりも強い調子でファン達が声を張り上げる。

――ところが、ところが！　白いショゾクで、白い姿で、降りて、遊べよ！　ジャージャー！

「一応説明しとくが、あれもミックスだ。アイドルごとにバージョンが違うものもある。って、聞いているのか、御陵」

音名井からの説明に対しても、御陵は放心したように頷くだけ。既にその視線は、ただ一点を見つめている。

少女。

ステージの中央で、マイクスタンドを手にした一人の少女が、俯《うつむ》きながら歌が始まるのを待っている。真紅のドレス風のアイドル衣装に、小さなベレー帽、その下でミディアムロングの髪が顔に影を作る。僅かに見える口元に、淡いピンクの口紅の色が映える。

「聞いててね」

ぽつり、と、その言葉を吐いた瞬間に、大音響でメロディーが奏《かな》でられ始める。その途端に顔を上げ、少女は真っ直ぐに前を向いて歌い始める。

星を散らしたような大きな瞳。自信に満ちた視線。ライトの輝きすらくすむような白い肌。ステージで揺らめくスモークの中で、少女は朱唇《しゅしん》を開く。声以上の声。体の奥にまで突き刺さるような歌声が、会場に溢れていった。

思わず御陵は息を呑んだ。

それまでのアイドルも人並み以上には、アイドルとして人々から認められるだろう。しかし、この少女は、目の前にいる彼女は、根本が違う。

見ているだけで、不思議と心が騒ぐ。祭りの高揚《こうよう》感によく似た、本人達でさえ出処《でどころ》の解らない興奮。今いる場所を、瞬《またた》く間に〈存在〉で埋め尽くせる人間。

天性のアイドル。

思わず御陵が落としかけたビールのカップを、音名井が寸前で受け止めた。

「あれが、全ての自殺者がファンだったアイドル。そしてあのCDの曲を歌う張本人」

ステージ上の少女の笑顔が、会場の全ての人間を捉えた。

「奏歌だ」

音名井がその名を呟いた瞬間、それまで以上の歓声と共に人の波が押し寄せた。熱狂の中で、少しでもステージ上の彼女に近づかんと、人々が殺到してくる。端に陣取っていた御陵でさえ、その流れに呑まれそうになり、後は何も確認できずに早々に後ろへと退いた。

「おい、音名井」

同行者に呼びかけたものの、言葉は返ってこない。既に人混みに紛《まぎ》れ、離れてしまったのだろうか。コンサートライトだけが灯る暗闇の中では、遠くから人を区別することもできない。

「全く――」

ふと、御陵が周囲を見回した時、異様な視線に気づいた。

見ている。

流れ続ける歌声の中、熱狂の渦から離れて、ステージ上を睨みつける二人組の姿を御陵が捉えた。この場にはそぐわない、ダークスーツで揃えた細身の男と大柄な男。一人は猛《もう》禽《きん》類のように、もう一人は巨象のように、身動《みじろ》ぎもせずに息を潜めている。

御陵は違和感を覚え、人の波を掻き分けて、二人組の方へと近づいていく。その動きに先に気づいた猛禽類が、何も言わずに隣の大柄な男に合図を送り、その場を離れようとする。

「おい、アンタら」

御陵が背後から声をかけると、大柄な男の方が僅かに振り返る。御陵も背は高い方だが、それよりも頭一つ分は大きい。

「アンタら、アイドルのファンやか。それにしちゃあ、ちくと物騒《ぶっそう》な雰囲気じゃのう」

御陵が大柄な男の腕を摑むと、その瞬間、足元に小さな衝撃を受け、思わず膝をついていた。人混みの中で、咄嗟《とっさ》の判断もできなかった。それが足払いを受けたのだと気づいた時には、二人の男は御陵から離れてライブハウスの通用口から外に出ようとしていた。

「おい、待てや」

ライブはなおも続く。歓声の海を泳いで、御陵が大柄な男の背後に迫る。その肩に手をかけた時、振り払うように裏拳《うらけん》が飛んできた。

しかし、御陵は次の一撃を受けることなく、勢いのままいなすと男の膝裏に脛《すね》を押し当て、今度は逆に膝をつかせていた。

「これで、あいこじゃ」

にわかに振り返った男の表情に、怒りが滲み出ていた。磨崖仏《まがいぶつ》の不動尊の如き面貌。間を置かず男は立ち上がり、御陵を摑み上げようと腕を伸ばしてくる。

御陵がそれを捌《さば》くと、二度、三度と手を伸ばしてくる。手も足も使い、相手に報《むく》いを与えようとする暴力。しかし誰も彼も、このやり取りには気づかない。この場の全ての人間が、ステージ上の奏歌だけを見つめている。

「いい加減にしろ、生石《いきいし》」

騒がしさの中から、よく通る声が届いた。通用口の前に立つ細身の男が無精髭《ぶしょうひげ》をさすりながら、鋭い視線でこちらを見据える。生石と呼ばれた男は、御陵へと伸ばしかけていた手を引き、そのまま身を返すと後方へと走っていく。

「待て言うとろうが」

御陵は思わず懐の小さな紙片に手をかける。式王子《しきおうじ》を使った足止めの呪詛《じゅそ》。外法だが、この場合にはやむを得まい。そう思ってのことだったが、手元の紙片は何も反応しなかった。

不思議な感触を得た。しかし、かかずらう暇はない。既に男達は人混みに紛れ、通用口の向こう側だ。

舌打ちが一つ。

左右の人を掻き分けて御陵も通用口を抜け、薄暗い通路へと出た。スタッフの行き来に使われているのだろうが、今は誰もいない。背後で流れ続ける音が小さくなる。

御陵が通路に一歩踏み込んだ瞬間、右方から巨大な拳が飛んできた。

思わず仰《の》け反《ぞ》ったが、それでも頰に拳が触れる。それだけで頭が揺れ、通路の中央まで押し出される形となった。

「おんしゃあ……」

大柄な男が立っていた。体勢を崩した御陵を見て、それ以上は興味をなくしたのか、振り返って通路を進んでいこうとする。

しかし、その途端に思わず膝をつき、次には苦しそうに手をついて四つん這《ば》いとなっていた。

「随分とやってくれたがやき、俺からも仕返しよ」

御陵の手に数本の古釘が握られている。道断ち刀。呪詛を込めた釘は、寸分違《たが》わずに男の足元の床を穿《うが》っていた。

手をついて呻く男の元へ、悠々と御陵が近づいていく。

「しんどいやろう。触れた箇所の霊子の巡りを悪うしたきに、そりゃ肩凝《かたこ》りの酷いやつよ。まぁ、一般人に荒法使うなんぞ、俺もよう好かんき、貴様らが何者か吐けば、すぐに——」

風を切る音が耳を打ち、咄嗟に御陵は身を横に振る。

自身の目の前を鋭い手刀が通り過ぎた。

背後を振り返ると、そこにもう一人の男、細身の猛禽類が忌々《いまいま》しそうに御陵を見つめていた。

「物騒じゃのう」

細身の男はスーツの上着を脱ぎ捨てる。黒いシャツの下に引き締まった体軀《たいく》が隠されているのが見て取れた。男は一度だけ頭髪を撫でつけてから、足を引いて半身の構えを取った。

厄介《やっかい》な相手。

御陵も故郷で呑敵流《どんてきりゅう》柔術を修めた身だ。嗜み程度には武術の心得がある。一人で生きていくために必要なものだった。だからこそ解る彼我《ひが》の力量の差に、自然と御陵は身を固くした。

踏み込みと同時に男が掌底《しょうてい》を繰り出す。御陵が身を引いて腕を取ろうとするが、その合間に二撃目が飛んでくる。胸で受け、肺から一気に空気が押し出される。

御陵が息を吐くより早く、男が軽く後方に跳んで、次の攻撃への備えをする。揺らぐ視界の中で、御陵は横に身を捻《ひね》って次の手刀を回避する。振り降ろされた腕を取り、男の背中側へと引きつけようとする。だが、男はしなやかに身を屈《かが》め、その勢いで上段へと蹴《け》りを放つ。

御陵はそれを受け止めることしかできない。

後ろへ弾《はじ》き飛ばされた御陵は、余裕の様子で立つ男を見やる。

剃刀《かみそり》のような、いや、それよりも荒削りでなお尖《とが》った、黒曜石のナイフの如き鋭さ。そうやすやすと勝てる相手ではない。御陵は思わず手にした古釘に目をやった。

一呼吸の後、男が床を踏み込んだ。御陵も呪詛の釘を打つつもりで、相手の死角に入る瞬間を狙う――

「何をしている！」

通路に響いた怒号に、二つの影が動きを止めた。

御陵の額に手刀が突きつけられている。男の顎先に釘が触れようとしている。あと一手で、どちらかが倒れていた。そのすんでのところで両者共に、声の主の方を向いていた。

「邪魔すなや、音名井」

いつの間にか逸《はぐ》れていた音名井が、御陵を探しに出てきたようだった。深い溜め息の後、彼は近くに寄って御陵の腕を引いた。

「おい、こいつら――」

「いいから、黙って退け」

続けて音名井が何か言うより先に、細身の男の方が射竦めるような視線を送り、一度だけ鼻で笑った。

「霊捜研の拝み屋。噂通りの狂犬っぷりだな」

「ああ？」

通路に落ちている自身のジャケットを拾い上げると、細身の男は近くでうなだれている大柄な男を引き起こす。

「相手の素性も知らないで向かってくるのは、褒《ほ》められることじゃないよな」

「あァん？　貴様らが名乗らんから――」

「蝶野京《ちょうのけい》。警視庁捜査一課の人間だ」

細身の男――蝶野はジャケットから警察手帳を取り出し、その身分を明かすと、次いで大柄な男も生石一人《かずんど》と書かれた警察手帳を掲げてみせた。

「音名井君、こういうのは飼い主がちゃんと首輪つけとけよ」

「蝶野さんの方こそ、口より先に手が出る癖を直した方がいい」

音名井からの言葉に、蝶野は短く笑うと、生石を引き連れてこの場を去ろうとする。その様子に、思わず御陵が前に出ようとするのを、横から音名井が押し留《とど》めた。

「止めんなや、音名井」

「下手に事を起こすな」

御陵と音名井の間で揉めていると、今度は通路を行く蝶野の方が振り返り、嘲笑《あざわら》うような調子で声をかけてくる。

「お前ら、どうせ例の自殺事件を追ってるんだろう。だが人死には一課の仕事だ。〝踊り場〟は死んだ後のことをやってろ」

それだけ言うと、蝶野は手をひらひらと振って、その場を後にした。残された御陵は、隣の音名井へ非難の視線を送る。これには音名井も、いつもの溜め息以上の嘆息で返す。

「今回の事件、心霊事件か殺人事件かで意見が分かれていてな。恐らく、彼らも重要参考人として奏歌に目星をつけているんだろう」

「素直に名乗りゃあええがよ」

「それができないから、一課は曲者《くせもの》揃いなんだ」

御陵も毒気が抜かれたか、頭を掻いて溜め息を吐く。

「そういや、〝踊り場〟ちゅうんは何じゃ」

「零課のあだ名、いや、蔑称《べっしょう》だな」

音名井が自嘲《じちょう》するように呟く。

「上にも下にもいかない暇なポスト、それと常に怪談《カイダン》と隣り合わせだ」

3.

夜の渋谷が騒々しい歌を奏でている。

御陵は、この街もまた生きているように感じている。人々が暮らし、そして人知れず死んでいく街。その循環そのものが生だ。しかし、その生にはどうにも雑然としたものが含まれる。種々雑多、混沌《こんとん》とした日々だけが流れていく。

そうした中で、もしも純粋なものを求めるとしたら、人はこうした場所に来るのだろうか。

「いやしかし、アイドルゆうんも悪うないな」

御陵と音名井はライブハウスの裏口から繋がる駐車場に移動し、遠く会場を後にする人の波を見続けていた。ホテル街の一角だが、道行くカップルよりも、ライブ帰りの人間の方が多いだろう。それぞれが好みのアイドルの感想を言い合い、目を輝かせて、次の再会を約束し合う。

それは御陵の親しんだ祭りの光景と同じものだった。

この日、この時だけの非日常。そこに接続した人々は、一つの救いと人生の再生を得て、また日常へと帰っていく。

御陵もまた、先程まで聞いていたメロディーを無意識に口ずさんでいる。刑事との乱闘騒ぎも、既に過去のことだ。嫌なことよりは、楽しいことを思い返す方が良い。

「それで、奏歌の方はどうじゃ。俺は途中で抜けてよう知らん」

「予想以上の人気ぶりだな。今日のライブも大半は彼女目当てだったらしい」

音名井はスマートフォンを操作して情報を引き出していく。ウィスパーでの反応、アイドルファンのブログ。そういったものに書かれる奏歌の情報は、どれも好印象なものばかりだという。

「奏歌。本名は非公開。まぁ、この辺は警察に戻ってから調べるが。年齢は十八で、デビユーは今年の春先だ。それ以前もアイドルの活動はしていたらしいが、詳細は不明。デビュー直後から大きな人気を得て、現在のウィスパーのフォロワー数だけで一万人規模、コミュニティは本人のものと、そこから派生した子コミュや孫コミュ合わせて数百。メジャーデビューの声もかかっているらしいが、本人の意向で、ライブハウスを中心に活動をしているらしい」

「で、自殺しよった人間は全員、その奏歌の歌を聞いちょる」

「そうだな。奏歌のCDが出たのは今年の三月。最初の自殺者が出たのもその時期だ。奏歌自身がどこまで関わっているかは知らないが、自殺事件の鍵《かぎ》を握っている可能性はあるだろう」

「随分と人気モンじゃな。捜査一課の刑事まで追っかけとるき」

御陵は一度だけ鼻で笑い飛ばすと、懐から紙片を取り出して見つめる。

式王子。御陵が用いる、もう一つの得物。

その人形《ひとがた》の紙片が今、ふらふらと風に漂って、手足にあたる部位を揺らしている。

「自殺やのうて殺人か知らんゆうんは、俺にも解らん。だがよ、今回の一件に怨霊が関わっちゅうがは本当じゃき」

御陵は式王子を見つめる。その振れ幅は、一層大きなものに変わっていく。

「音名井、俺はな、人の多い街が苦手ちや」

「なんだ、藪《やぶ》から棒に」

「こういう街は、人が多すぎる。人が多いと、その分だけ霊子と霊子が絡みあう。袖振り合うも多生《たしょう》の縁じゃ」

「それは霊子脳理論の一部だ。《縁》というものはつまり、人と関わる中で、他人から放出されていた微量の霊子を取り込むことで、霊子同士にリンクが生まれた状況を指す。ゆえに《怨素》はリンクを辿《たど》り、関係者により強く反応する」

「そこよ、その《縁》が問題なんじゃ」

御陵は揺れる式王子を懐にしまう。

夜の渋谷の喧騒《けんそう》、人々の声、光の数だけ人の生がある。式王子はそれらの霊子に反応して、絶えず動き続けていた。

「今は街に出とるき、俺の式王子も、あっちこっちを行きゆう人の霊子に影響されて、これでもかちゅうくらい動いちょる」

だが、と御陵は言葉を続けた。

「さっきまで、あのライブハウスが中におったが時は、一切反応しとらんかった。あれだけの人間がおったら、それこそエラい数の霊子が渦巻いて、時には生きた人間の《怨素》も生まれようが」

「それは——言いたいことは解るが、それがどういう意味を持つんだ?」

「やき、反応せんが可怪《おか》しかろうちゅう意味じゃ」

御陵の言葉に、音名井が眉を寄せる。

「霊子を遮断してんねや。特殊な機材か薬剤か、そがいなモンを使《つこ》うとる。一度、刑事に式を使おうと思うたが、中では反応せんかった。それが通用口の外じゃと使えたき、あのライブハウスの中だけ霊子の影響を受けけんようにしとるちや」

音名井が怪訝な表情を浮かべた。

「なんじゃ、アイドルがライブやったら当たり前のことなんか？」

「いや、聞いたことはない。もしも、本当に霊子を遮断しているんだとしたら、それは《怨素》を避けている、のか」

「じゃったら、やっぱりこれは紛れもない、怨霊による祟り事案じゃ」

音名井が唸る。御陵の陰陽術や霊感を信じないと言っても、もしもライブハウスで特殊な状況が作り出されているとしたら、それは一つの証拠になるだろう。そういった思考を辿っていることが、御陵にも理解できた。

「まずは今回の事件に一番関わりのある、奏歌と接触することだ」

音名井がそう呟いた時、二人の背後から明るい声が聞こえた。

「奏歌さんなら、もう帰っちゃってますよ？」

声に振り返った御陵は、裏口から出てきたその少女の姿を見て、思わず目を見張る。

先程まで着ていた白衣をモチーフにした衣装とは変わり、今はラフなTシャツ姿となっているが、明らかに周囲とは雰囲気を違える少女の姿。長いポニーテールは下ろしているが、街灯の下にあっても、その輝きは失《う》せない。

「真白ひかり、さん、か」

音名井が一歩後ずさり、座っている御陵の横に並ぶ。

「出待ちですかぁ? ダメですよ、出禁になっちゃう」

「いえ、違います。自分は警視庁捜査零課の人間です」

いくらかたじろいでいたものの、ようやく我を取り戻したと見える音名井が、冷静に警察手帳を示した。

「警察の、人?」

真白が不思議そうに、御陵と音名井を見つめ返す。その時、僅かに開いていた裏口から、もう一人の少女が顔を覗かせる。

「真白さん、もう帰りの準備——あっ」

そろそろと半身を出したのは、美野雪であった。

「ええと、確かこの間お会いした警察の……」

「え、何、ゆきにゃの知り合い? ゆきにゃなんかしたの?」

あっけらかんと背後の少女に問いかける真白に、美野は必死に手を振る。何か言おうとしていないが、咄嗟に言葉が出てこないようで、それには音名井が優しく言葉をかける。

「美野さんには以前にお話を伺ったんです。実は日吉直則という方が、別の事件の関係者で、その都合上――」

音名井が淀みなく言ったところで、そのまま御陵の方へ顔を寄せて耳打ちをしてくる。

「自殺の件は伏せておこう。いずれ解るかもしれないが、今は言うべきじゃない」

御陵が頷くと、一方で真白が目を大きく見開いた。

「ヨッピーさん？ そういえばゆきにゃ、今日はヨッピーさん来てなかったよね」

「え、ええと、うん……」

「もしかして他界しちゃった？」

思いがけない言葉に、御陵が音名井の膝辺りを軽く打つ。対する音名井は、再び顔を寄せてくる。

「他界というのは、アイドルのファンを辞めることの隠語、というか専門用語だ。自殺の件はまだ知らないだろう」

一人だけ状況を知らないのが不満なのか、真白は唇を尖らせてから、一足飛びで御陵の顔を覗き込む。

「貴方《あなた》も刑事さん？ ねぇねぇ、聞き込みっていうやつやってるの？ 私、刑事ドラマとか好きだよ！」

「いや、知らん知らん、俺に聞くな」

「ふぅん。まぁいいや、刑事さん、何か聞きたいことあるなら言ってね。私、捜査に協力しちゃうよ～」

ばぁん、と指鉄砲《ゆびでっぽう》を作ってから、虚空《こくう》に向かって撃つ真似をする真白。聞き込みで拳銃《けんじゅう》を使用することなどないが、その大らかな調子に思わず御陵からも笑顔が漏れる。人馴《ひとな》れしていなければアイドルなどできないであろうが、そういう意味では、この真白はリーダーを任せられる素質があるのだろう。

「それではすいません、参考までにお聞きしますが、奏歌さんは、今日はもう？」

「奏歌さん？　あ、そうそう、その話してたよね。ねぇ、ゆきにゃ、奏歌さん、もう帰ってたよね？」

「え、うん。確か私達が物販を終えた頃には、もう姿がなかったかな」

美野が口を開く。垂れ下がった眉が困り顔を作り、何かに謝るように言葉を続ける。

「奏歌さんは、私達の次の出番でしたけど、その、奏歌さんって物販をやらないんです。だから多分、先に帰ったんじゃないかと」

美野からの答えに、御陵と音名井はそれぞれ疑問の表情を浮かべる。

「物販をやらない？」

「物販ってなんじゃい」

二人からの疑問に、美野がどう答えようか迷っているのを見て、今度は横から真白が手を上げて入ってくる。

「物販っていうのは、私達みたいなライブアイドルが、公演終了後にやるやつだよ。チェキって言って、一緒に写真を撮ったり、その場で次のライブのチケットやCDを売ったりするんだ。で、奏歌さんは、そういうのしないんだよね、ゆきにゃ」

「そうなんです。奏歌さんは人気だから、小さなライブハウスだと捌《さば》ききれないっていう理由で、そういった物販はやらない、とか」

「大きなところに行けばいいんだけどねぇ」

「奏歌さんの方針らしいですしね」

几帳面《きちょうめん》に手帳へ情報を書き込んでいる音名井が、ここで顔を上げた。

「失礼ですが、お二人は奏歌さんとは仲が良いんですか？」

その言葉に、真白と美野は顔を見合わせてから、どこか悩ましげに首を振った。

「奏歌さんは人気アイドルだから、楽屋も私達とは別にあるし、私達みたいな普通のアイドルとは絡まない、かなぁ」

「なんじゃ、俺はアンタらの歌、今日初めて聞いたが好きちや。アンタらぁ立派なアイドルじゃ」

御陵からの思いがけないフォローに、真白は心底嬉しそうに笑ってみせた。

「ありがとうございます。私、ファンの人はもちろんだけど、初めて聞いてくれた人からそう言って貰えると、すっごい励みになります！」

これまでのお気楽な調子から変わって、真白は至って真面目な表情で御陵を見据える。

それには御陵もまた、微笑みを返して応えた。

その姿に、僅かに真白が目を見張り、優しげな笑みを浮かべる。

「お兄さん、怖い人かと思ったけど、結構可愛いよね」

思いがけない言葉に、御陵が喉を鳴らして呻《うめ》いた。

「かぁ、やめぇや。そがいに言われれんのは、よう好かん」

面倒そうに手を振る御陵と、それを面白がる真白。その様子を見守っていた音名井が、タイミングを見て再び手を上げた。

「少し話を戻しますが、奏歌さんを直接知っているような方に心当たりはありますか？」

「うーん、奏歌さんなぁ。私も話したことないし。喋ったことある人いないんじゃない？どうかな、ゆきにゃ」

「私も、ちょっと思い当たりません……。奏歌さんって、昔のアイドルみたいに、神聖でファンと離れた存在というのを表立って売り出してて、それどころか同じアイドルとも一切交流しなくて」

「アイドル同士は別に仲良くしなくてもいいけどさ、ファンの人とも触れ合わないっていうの、ちょっと気に食わないなぁ。まあ、それで売れてるから仕方ないよね〜」

　口を尖らせ、あけすけに言い放つ真白をなだめつつ、美野が何かを思いついたように表情を変えた。

「ああ、でも神谷《かみや》さんとはたまに話します。神谷城介《じょうすけ》という男性の方で、奏歌さんの事務所の社長で、同時にプロデューサーもやってるんです。奏歌さんのライブの時には必ず来てて――」

「私、あの人嫌ぁい。偉そうだし、厭《いや》らしいし」

二人のアイドルの会話を聞きつつ、音名井は神谷という男の名前と連絡先を手帳に記していく。一通りの情報を書き加えたところで、音名井は脇で座ったままの御陵の肩を小突いた。

奏歌に会うために来たライブだったが、肝心の本人がいないのでは致し方ない。一応、今後に繋がる情報は手に入れられた。御陵も腰を上げ、音名井と共にこの場を去ることを選んだ。

御陵と音名井が挨拶《あいさつ》を済ませようとした時、真白が何かに気づいたように顔を明るくさせた。

「あ、ところで、刑事さんって捜査零課の人なの？」

「ええ、そうですが」

「知ってる〜。私、ドラマで見たもん！　あれだよね、幽霊を捕まえる人達でしょ？」

またも指鉄砲を作って、相対する御陵の胸に突きつけてみせる真白。幽霊相手に拳銃が効くかは知らないが、世間一般のイメージではそういうものらしい。無邪気な調子で話を続けようとする彼女に、音名井は毅然《きぜん》とした様子で向き直る。

「死後犯罪、あとは、いわゆる祟りに関する捜査ですね」

祟り、と、その言葉を聞いた瞬間に、真白は小さく眉をひそめた。短く唸ってから、背後の美野の顔色を窺《うかが》う。彼女もまた、どう答えて良いのか解らず、曖昧な笑みを返すだけだった。

「ねぇ、ゆきにゃ。奏歌さんの関係で祟りって、やっぱりあれかな？」

ふいに同意を求められた美野だったが、その言葉には心当たりがあるのか、にわかに表情を曇らせる。それを見た真白は、再び御陵達の方を向く。彼女の溌剌《はつらつ》とした笑顔が、この瞬間だけ神妙なものに変わっていた。

「あのね、奏歌さん、祟られてるんだ」

彼女は心苦しそうに唇を結んでから、

「日々野《ひびの》いま、自殺したアイドルの祟り」

——そう言った。

第三章──怨《うら》むべき相手

1.

御陵《みささぎ》の前に巨大なアイスコーヒーが置かれている。

煩雑《はんざつ》な注文が必要なコーヒー専門チェーンのものなど、御陵は東京に来るまで飲んだことともなかったが、このことを言うと音名井《おとない》に馬鹿にされると思って今まで黙ってきた。案の定、慣れないままに注文し、一人で飲みきれるか解らない程度のものが現れた。

「でよ」

少しでも減らせればと思って、御陵はストローに口をつけてから、目の前に座る少女の顔を見つめる。

「日々野《ひびの》いまの祟りゆうんは、なんじゃ」

話を振られた相手──美野雪《みのゆき》は困り顔を浮かべつつ、自身の前に置かれた限定フレーバーのコーヒーを弄《もてあそ》んでいる。何か言葉が返ってくるかと思ったが、美野は何か言いづらそうに口元を動かすだけで、ついに答えはなかった。

その様子に御陵は、ばつが悪そうに頭を掻く。

前日のライブハウスで聞いた不穏《ふおん》な言葉。その真意を問い質すために、改めて都内で会う機会を設けた。予定の入っていた真白《ましろ》ひかりは無理だったが、こうして美野だけは付き合ってくれている。人と話すのが苦手な――それも相手が年頃の少女となれば尚更《なおさら》だ――御陵だったが、職務とあればそれもやむを得ない。

しかし、と。

御陵はテーブルの上に置いた自身のスマートフォンを覗き見る。着信は未だなし。

こういう時に頼りにしていた音名井は、今は奏歌《かなう》の事務所の方へ聞き込みに行っている。後で合流する手はずとなっているが、今は一刻も早く来て貰いたい。普段は会いたくもないが、かくあっては致し方ない。

日差し柔らかな五月の午後、喫茶店で男女二人。向かい合ってお茶会を気取るには、御陵が抱えている事件は陰鬱《いんうつ》に過ぎる。

やれ祟りだ怨霊だ、やれ自殺事件だと、少女に頭ごなしに浴びせかけるには不穏当な言葉の数々。御陵は頭を巡るそれらの中から、必死に会話のきっかけを探し続ける。

視線を少女の方に戻すと、薄い笑みを浮かべていた。その表情に御陵は、前日に見たステージ上の姿を重ねあわせた。

「ほうじゃ、アンタの歌、良がったでよ」

御陵はようやくそれだけ絞り出して、後は相手の反応に任せた。美野は顔を明るくさせ、深々と頭を下げた。

「昨日はライブを見てくださって、本当にありがとうございました」

「俺は、ああいったモンに行くがは初めてじゃ」

「ふふ、会場にいる時に気づきましたよ」

そう言って美野は微笑んだ。ライブ中に自分に向けられた視線が、決して勘違いではなかったとわかって、御陵も僅かばかり嬉しく思えた。

「俺はアイドルのことはよく知らんちや。でも、アンタはしゃんとしちゅう。こりゃ今の内にサインでも貰っといたが方が良いにかぁらん」

御陵が気を良くして、本心から美野を褒め称《たた》える。しかし、返ってきたものは悲しげな作り笑いだった。

「それは、ありがとうございます。でも私はきっと、そんなふうに言って貰えるようなアイドルじゃないです」

「どうしてじゃ、俺は良いと思っちゅうがよ」

「人から思われるのは嬉しいです。でも、その期待に応えられているか、いつだって不安なんです」

そこまで聞いて、御陵はライブハウスで音名井が言っていたことを思い出す。一人だけ人気のない美野ゆきなというアイドル。歌や踊りという実力ではなく、アイドル性という一点のみが他の者達とは違うのだという。

「私も頑張りたいです。でも——」

御陵は美野の顔を正面から見据える。恐らく彼女は真面目すぎるのだ。自分というものを考えすぎる。

「業《ごう》が深いのう」

御陵は唸ってから、頭の後ろで腕を組んで椅子《いす》に背を預けた。

——信仰、か。

アイドルというのは、ファンの前で偶像として振る舞う。そこにはある種、人間性を欠いたものが求められる。大衆が求めるのは神の姿であり、人間ではない。人を救うのは神の言葉であって、それを取り次ぐ巫女《みこ》そのものではない。

御陵は、目の前にいるアイドルである美野ゆきなではなく、美野雪という一人の少女のことを知りたくなった。

「アンタ、確か栃木から出てきよるがやろ」

「あ、はい、そうです。去年の春に上京して」

「大変なことはないやか？」

「大変なことばかりです。友達も誰もいなかったし、今でもそんなにいません。アイドルの人達は仲間ですけど、たまに輪に入っていけないこともあって」

俯きがちに語る美野に、思わず御陵は自分の姿を重ねた。

「俺と同じじゃ」

え、と、美野が聞き返す。

「俺も今年から東京じゃ。それまでは全国を回っちょったが、生まれは四国の山奥よ。周りの人間とはウマが合わんし、東京での仕事は気張ってよう好かん」

「そうなんですか?」

「おうよ、そうじゃそうじゃ。俺がおる霊捜研の連中なんぞ、一癖も二癖もある変人ばかりやきに」

それから御陵は、面白おかしく——半《なか》ば本気の悪口で——霊捜研で共に働く仲間達のことを語ってみせた。その度に美野は口を開けて笑い、時に共に憤慨《ふんがい》し、あるいは深く共感して頷いてくれた。

「本当に変な人達ですね」

「そうよ。曳月《ひきつき》なんて奴ァよ、イケメン教祖の追っかけとか言って、あらゆる新興宗教に片足突っ込んで、今じゃどこからもブラックリスト入りよ」

くすくす、と美野が笑う。その姿を見て、御陵も久しぶりに饒舌《じょうぜつ》になっていた自分に気づく。少女だ、アイドルだ、と思って接すると上手くいかないが、地方から出てきた上京者同士と思えば、大分気が楽だ。

彼女には彼女なりの苦労があり、それを包み隠さず話す姿は、どこまでも人間だった。それがアイドルからは程遠いというのならそうだろう。だがそれでも、御陵には今の美野の方が親しみやすく思えた。

「アンタ、ずっとアイドルやりたかったんがか？」

その言葉には、美野も嬉しそうに顔をほころばせる。

「そうです。子供の頃からアイドルが好きで、中学生の頃、初めて東京に来た時に、あるアイドルのライブを見て、そこから自分も目指したくなったんです」

そこまで言ってから、美野は何かを思い出したように、ふと顔を暗くさせた。先を促《うなが》す方が良いのか解らず、御陵がコーヒーに口をつけていると、やがて意を決したように美野が口を開いた。

「その時に見たアイドルというのが、日々野いま、そして、その横で歌う天野《あまの》かな――今の奏歌さんです」

その言葉は重苦しい響きを伴っていた。

「おい、ちくと待っとくれ。奏歌と日々野いまは、二人で歌っちょったんか？」

「そうです。日々野いまと天野かな、元は〈アバターズ〉っていう二人のアイドルユニットでした」

「そりゃ有名な話なんなが？　音名井の方が調べた限りじゃ、よう出てこなかった情報じやったろう」

「事務所を替えてからの再デビューだったので、奏歌さんがアイドルユニットだったのを知ってるのは、当時のファンくらいですね。キューラボのメンバーの中でも、当時の日々野いま……さんを直接見たことがあるのは私ぐらいですし。それに、この話題はアイドル業界だとあまり話題にしたくないもので、その——」

「自殺した日々野いまの祟り、か」

美野が顔を暗くさせる。彼女は何度も言葉を続けようとするが、その度に眉をひそめ、口を真横に結んでしまう。やがて彼女の前に置かれたコーヒーの氷が溶けきった頃、ようやく前を向いて口を開いた。

「二年前のことです。日々野いまさんは自殺したんです。でも詳しくは私も知りません。ただ当時を知る人の間では、色々と噂になってました。アイドル活動に悩んでたとか、精神的に耐えられなかったとか、天野かなさんと仲違《なかたが》いしたとか、酷いものだと、事務所に殺されたとか……。今でも本当のことは解りません。でもそれと同じ時期に、〈アバターズ〉は活動を休止しました」

美野は丁寧に言葉を選びとっていく。一つ一つ噛《か》みしめるように、慎重に話そうとしていた。

「日々野いまさんが自殺したのかどうか、その頃は誰も本当のことを知りませんでした。でもそれから、〈アバターズ〉が出演していたライブハウスで不気味なことが起こるようになったんです」

「それが、崇りちゅうことか」

美野は小さく頷く。

「機材が故障したり、出演予定のアイドルが事故で怪我《けが》をしたり。不幸なことが多く起こって、それから――日々野いまさんの幽霊を見たっていう噂が広まって、彼女は自殺したんだって言われるようになったんです」

御陵の顔が険しくなる。何かに怯えるように美野は言葉を続ける。

「血塗《ぬ》れでずぶ濡れの日々野いまさんが、いつの間にか横にいてライブを見てるとか、あるいは無人のステージに立ってるとか。そんな怪談が広まったんです。姿だけじゃなくて、ライブハウスで女性の泣く声が聞こえたり、歌いたい、っていう呟きが聞こえる、って」

アイドルの自殺。

どういった思いを抱えて死んだのかは御陵にも解らない。しかし、年若い人間の自殺ほど強い思いが残る。果たせない夢、耐えきれない現実。多くのものが人を縛り、どうしようもなくなり、自らを殺すために一歩を踏み出す。その先にあるのは、未練と怨念《おんねん》によって引き起こされる祟りの数々。

――悲しいことよ。

御陵は一人、顔も知らない少女のために祈った。

「それで、その奇怪な現象ちゅうんはまだ続いちょるんがか？」

「いえ、ちょうど奏歌さんがソロで活動を再開した頃から、ライブハウスでの不気味な現象はなくなったんです」

その言葉に、思わず御陵は身を固くした。

「私、奏歌さんを尊敬しています。初めて見た時から憧《あこが》れてましたけど、それからはもっと。奏歌さんはきっと、日々野いまさんのために歌ってるんだと思います。もっと歌いたかった――自殺したいまさんの願いを叶《かな》えるために、奏歌さんは歌うんだと思います。だからきっと、いまさんの幽霊も出なくなったのかな、って」

――違う。

御陵の直感がそう告げた。

御陵はライブハウスでの違和感を思い出す。会場だけが極端に霊子《りょうし》の濃度が薄かった。なんらかの機材か薬剤で霊子が遮断されていた。その本当の目的は、空中に漂う《怨《おん》素《そ》》の影響を抑え、日々野いまの祟りを防ぐことではなかったのか。

アイドルとして歌い続ける奏歌の気持ちなど解らない。しかし、ライブハウスを手配する段階で、事務所側は日々野いまの祟りを恐れ、霊子を遮断するという強引な方法に出ていた。

——なら、祟りは本当にある。

思考していた御陵が目を開けると、目の前の美野は、静かに涙を流していた。

「おい、どうしたがよ」

「私、奏歌さんが歌うことで、日々野いまさんの幽霊が救われてるんだと思ってました。だから祟りは、もうなくなったんだと」

ハンカチで目元を拭《ぬぐ》いながら、美野は苦しそうに言葉を続ける。

「——ヨッピーさんが自殺したのって、祟りのせいなんですか?」

美野からの言葉に、御陵は何も答えず、小さく唸ってから頭を掻いた。

「ヨッピーさんは〈アバターズ〉の頃からのファンでした。日々野いまさんの自殺のことも知ってます」

「そりゃ——」

「私、こないだから気になって調べたんです。そしたら最近、奏歌さんのCDを聞くと祟られるっていう噂があって。女性の声が聞こえる、って。きっとそれって、日々野いまさんの声だと思うんです。ヨッピーさんはきっと、その声を聞いて自殺したんじゃないか、って」

御陵は観念して、真っ直ぐに美野を見据えた。

「詳しくは俺らの方でも調べとる。専門的な話になるが、この件は《怨素》ちゅうんが関わっちゅうがよ。アンタの話でよう解ったが、多分、その出元は日々野いまのモンじゃ」

連続自殺事件。それを引き起こすのは《怨素》であり、その発生元は死者となった日々野いま。恐らくは、生前の彼女を見たことがある人間のみが、その《縁》によって強く《怨素》に影響される。

「その《怨素》の正体を突き止めれば、いくらでも対応ができる。そうなりゃ——」

「祟りを止められるんですか？」

「安心せぇ、俺らもプロやき」

元気づけるように御陵は笑ってみせた。

「刑事さん」

美野の表情が僅かに明るくなった。赤くなった目元に、希望の色が差し込んだ。

「私、日々野いまさんが悪く言われるのが、とても悲しいんです。祟りだって、怨霊だって。あんなにアイドルとして輝いていた人が、そんな酷いふうに言われて欲しくない」

美野は深く頭を下げる。

「お願いします、刑事さん。どうか祟りをなくしてください」

御陵は真っ直ぐに美野のことを見てから、

「おう」

そう答えると、そのままの勢いで目の前に置かれていたコーヒーを一気に飲み干した。

「それと俺は捜査官じゃが、刑事とは違うきに。刑事さんゆうんはどうもこそばい」

目線を逸らし、頬を掻く御陵に対して美野は微笑んだ。

「じゃあ、なんてお呼びしましょうか？　お名前、御陵さんでしたよね。御陵さんでいいですか？」

「好きにせぇ」

くすぐったいように美野は小さく笑う。薄く残っていた涙の跡が、今は外の光を柔らかく反射している。手持ち無沙汰《ぶさた》になった御陵は、コーヒーを飲もうと思ったが、それも今さっき飲んでしまったばかり。替えを注文するには量が多すぎた。

「あ、御陵さん」

「うむぅ、やっぱり恥ずかしいのう」

「携帯、着信じゃないですか？」

美野に言われて、御陵はテーブルの上のスマートフォンを手に取る。着信元は先程まで一日千秋の思いで待っていた相手、音名井高潔《たかきよ》だった。

「おう、音名井か。こっちはもう大丈夫やき、応援は――」

電話越しに音名井の声が聞こえてくる。努《つと》めて冷静に、しかし、その声音に異様な興奮が隠れている。

「そりゃ、どういうことじゃ」

音名井の声が遠く聞こえる。

御陵に告げられた事件。

「奏歌の事務所の社長が、死んだ?」

2.

その部屋の奥には、神谷《かみや》城介《じょうすけ》の死体があった。

死体の周囲にはアイドルの衣装がかかったハンガーラック、積み上げられた段ボール箱と諸々《もろもろ》の機材。中央には証拠品の置かれた低いテーブル、隅には洗面台と冷蔵庫がある。天井近くに換気用の小さな窓が一つ、切れかけた電灯だけが薄暗い部屋を照らしている。

神谷の経営する芸能プロダクションＦ Ｎ Ｓ《フロストナイトスター》は、雑居ビルの一階と地下を事務所としており、その内、この地下の一室を倉庫、そして神谷個人の部屋として使っていた。

音名井が事情聴取のために事務所を訪れたのが午後一時。西崎《にしざき》という女性社員に案内されたが、面会の予定時刻になっても神谷が現れず、不審に思った両者が地下の部屋を訪れたところ、息絶えた神谷を発見したという。

「御陵、わざわざお前に来て貰った理由が解るか」

神谷の死体の横でしゃがみ込んだ音名井が、駆けつけた御陵に視線を向ける。既に鑑識も入り、簡単な事情聴取も別室で行われているという。

「警察の仕事以上のものを求めちゅうがよ」

御陵の下駄が、リノリウムの床を打ち鳴らしていく。現場には重苦しい雰囲気が漂う。低い天井に、四方を埋める荷物の山。床に転がったビールの空き缶に、ウィスキーのボトル。まとわりつくような湿気《しっけ》と埃の臭いで空気も澱んでいる。

「そうだ、この死体を見て欲しい」

御陵は音名井に促され、部屋の奥で寝かされた死体——というより、その下にマットレスがあることから、神谷はここで仮眠を取っていたように見える——を見据える。

目を閉じたままに死んでいる。整えた短髪に、ラフなシャツにチノパン姿。死体特有の弛緩《しかん》したものだが、生きていれば好青年といっても通じるだろう顔立ち。随分と若作りしているが、音名井の言うところでは、これで五十代だったという。

「神谷城介、元は別の事務所のプロデューサーで、二年前にこの会社を立ち上げた。さらに元を辿れば、数十年前に故郷の青森県を出た後、東京で霊感商法に手を出し、荒稼ぎをしていたらしい。その時の伝手《つて》で、芸能界に関わるようになったようだが、結構な経歴だな」

「なるほど、なかなかに胡散臭《うさんくさ》い人物じゃのう」

その人物が今や、体を冷たくし、眠るように横たわっている。

「死亡推定時刻は昨夜から今朝方にかけて。一緒に部屋に入った西崎という女性職員の話では、神谷は昨日、事務所に一人残って仕事をしていたそうだ。その後、この部屋で仮眠を取り、その間に死亡したらしい」

御陵も音名井の隣でしゃがみ込み、死体に手を合わせた。

「なんじゃ、えらい綺麗に死んどるのう」

「ああ、目立った外傷はなし、争った形跡もない」

「詳しくは解らないから検視待ちだが、段田《だんだ》さんの話だと窒息死の可能性が高いそうだ」

「死因は？」

「窒息だぁ？」

御陵は改めて、顔を死体の傍に寄せる。

「ただし、首に索条痕や扼痕《やくこん》がないことから他殺の線は薄い。そうでなくとも、扉は一つだけで、そして、ここに入った時には内側から鍵がかかっていて、西崎さんと管理人室からマスターキーを借りて入った。つまり——」

「密室じゃった、と」

御陵は言いながら、死体を跳び越えて、天井近くの窓を確かめる。

「あの窓はどうじゃ」

そう言って御陵は何度か跳躍を繰り返し、小さな窓の縁《ふち》に手をかける。懸垂の要領で体を持ち上げるが、すぐに指先に触れた雫《しずく》によって滑《すべ》り落ちる。

「おっと、結露でもしとったか」

「一応確認したが、窓の外は一階部分の裏手になっている。確かに施錠はされてないが、高さが二十センチ程度の小窓で鉄格子も入っている。とてもじゃないが人間が侵入できるようなものじゃない。それこそ、幽霊でもない限りな」

音名井の意味深な呟きに、御陵は眉をひそめて振り返る。

「不審死だ。事故や病気の可能性もあるが、この神谷という男は他でもない、あの奏歌のプロデューサーでもあった」

「やき、これも祟りやと」

音名井が静かに頷く。それを見て、御陵も余計な言葉を挟まず、立ち上がりつつ懐から紙片を取り出した。

「この状況では、お前の勘も重要になる。そう踏んだんだ」

「まだ信用できんねや、まぁええ」

御陵が短く祭文を唱えると、手にした三五斎幣が小さく揺れる。しかし次第にその動きも収まり、やがて動かなくなった。

「案の定じゃ。この男から《怨素》は感じられんちや。殺した相手のいない変死体。十中八九で――」

「祟り、か」

一度頷いてから、御陵は小さく首を振る。

「いや、まだ解らん。他の人間は多摩川に飛び込みよって自殺したがやき、しかし、この男は部屋で不審死じゃ。少し状況が違う」

「関係性が他の人間とは違うからじゃないのか？　他はファンであって、神谷はプロデューサーだ。祟りに遭うにしても、その対象が違うのなら状況は変わる」

祟りは対象によって変化するものだ。《怨素》を発生させた対象と、より繋がりが深い人間であれば、その見えてくるものは違ってくる。死者の姿が見える者もいれば、声が聞こえるだけの者もいる。それは相手の霊子を取り込んだ総量によって変わる。プロデューサーである神谷ならば、アイドルを相手に長時間接していたはずで、その分、強く《怨素》の影響を受けたのかもしれない。

「それについて、興味深い証言があった」

そう言って、音名井がテーブルの上に置かれた証拠品の類いを指差す。飲みさしのウィスキーが注がれたコップと、その横に散らばった錠剤の空き包装。

「神谷氏は睡眠導入剤を普段から利用していたらしい。事務所の人の話によれば、最近の神谷氏は何かを恐れていた様子で、仮眠を取るのにも神経を使っていたらしい」

「よう寝られん理由でもあるゆうことじゃか。怨めしやぁ、ちゅうて枕元に幽霊でも立ちよったが」

御陵は神谷の青白くなった死に顔を見下ろす。

怨霊が夜中に現れ、寝ている神谷の首を絞めて殺した。憎らしい、怨めしい。多くの怪談で語られてきた情景。それは想像だけのものではなく、今となっては現実で起こり得る悲劇だ。

──日々野いま。

御陵が口の中で呟いたそれに、音名井が気づいた。

「日々野いまの祟り──だったか。奏歌との関係について、ちょうど聞こうと思っていた矢先だった。お前の方はどうだ、あの美野ゆきなから話を聞いていたんだろう」

音名井の言葉に対し、御陵の顔が誇らしげに唇を釣り上げた。

「ああよ。おんしがおらん内に、あの子と大分仲良うなったがやき。事情聴取を任せきりにした、どこかの薄情者の誰かとは違うて、ええ子じゃったねや」

うんうん、と自慢気に頷く御陵の肩を音名井の拳が軽く打つ。

「なんじゃ、この薄情者め」

小さく毒づいてから、御陵は美野から聞いた日々野いまについての情報を音名井に話した。

「なるほどな、奏歌につきまとう怨霊。自殺したアイドル、か」

全てを聞き終えてから、音名井は億劫《おっくう》そうに眼鏡を直した。

「亡くなった神谷は、元は別の事務所のプロデューサーだったらしい。それが二年前、このプロダクションを設立している。時期から言って、日々野いまが自殺し、解散した〈アバターズ〉を引き受ける形で独立したんだろう。自殺の詳細は帰ってから僕が調べよう」

そう言って、ひとまず死体の検分を終えた音名井は、次いで部屋を歩き回って荷物の確認を始めた。

「何か、そのヒントになるものがあれば良いが。あ、言っておくが、お前は下手にものを動かすなよ」

「へいへい」

それにしても、と。

この現場の異様な空気はなんだ。御陵の手元で三五斎幣が揺れる。周囲には明確な《怨素》を感じないが、漠然とした息苦しさがある。見回してみれば、綺羅びやかな衣装やファンレターの詰まった段ボール箱が転がっている。アイドルという存在を成り立たせる、夢の裏側。そう捉えるには、この空気は澱みに澱みきっている。

――ここが、奏歌の舞台裏。

ふと手元の三五斎幣が不自然な挙動を見せた。

その動きを見た御陵は何かに気づき、衣装のかかったハンガーラックを掻き分けると、それを取り上げた。

「おい、音名井」

「あっ、こら、勝手に動かすなと――」

「ほれ」

御陵は近づいてきた音名井に向かって、それの長い尻尾《しっぽ》をつまみ上げてみせる。既に動かなくなったネズミの死骸《しがい》が、音名井の顔の前に突き出された。

無言のまま、音名井の拳が御陵の腹部に命中した。

「ぐぉお」

「遊ぶな」

「なんなが、ビビったんか」

音名井が拳を再び握るのを見て、御陵は仕方ないというふうに顔の前で手を振った。

「違うねや、このネズミ、そこの陰で死んじょった」

「それがどうかしたか。部屋にネズミがいるのもどうかと思うが、ここは地下だから、たまたま入り込んだだけだろう」

「違う違う。よう見てみぃ」

御陵がネズミの死骸を差し出す。いくらか逡巡《しゅんじゅん》したようだったが、やがて音名井もそれを片手で受け取ると、毛羽立った体を見回す。

「そのネズミが死骸からよ、微かにじゃが《怨素》が感じられるんねや」

「ネズミから《怨素》？」

「ようあることじゃ。脳を持っとる生き物は大なり小なり霊子を持っとって、それが《怨素》に変わんねや。動物霊ちゅうんもあるじゃろう」

音名井は再び手元のネズミの死骸を眺める。

「まぁ、ネズミ一匹程度じゃと微かすぎてよう見えんが、確かにどこかに向かって《怨素》が出とる」

「ちょっと待て御陵。神谷自身が殺鼠剤《さっそざい》か何かを仕掛けていたんじゃないか、それなら《怨素》が出る可能性がある」

「そりゃそうやき、霊捜研で詳しく調べなよう解らん」

それを聞いて、音名井は悩ましげに眉をひそめた。

「どういうことだ。他の可能性があると？」

「知らん知らん。俺は俺の直感で調べることしかできん。動物の《怨素》なんぞ、一目見て解るもんやないぜ。ただちっくと、違和感みたいなんがあるだけじゃ」

ふん、と小さく鼻で笑ってから、音名井はネズミの死骸をテーブルの上に置いて、他の証拠品と共に並べた。

「なんじゃ、また勘だとか言うて馬鹿にするのかと思うちょったが」

「お前の直感を信じるわけじゃない。一つの証拠として有用だと判断しただけだ」

言いつつ、音名井は隅の洗面台で手を洗い始める。

「潔癖性め」

「僕は文明人でね。お前こそ、その手で拾い食いするなよ」

かぁ、と御陵が喉を鳴らして威嚇する。何か嫌味の一つでも言おうかと思ったところで、突如、扉の方から鋭い視線を感じた。

――顔があった。

怨み尽くすように、こちら側を覗き見る目。扉の磨《す》りガラスの向こうに、人の顔らしきものが不気味に浮かび上がっている。

「ちっと待ち、誰ぞおるきに」

御陵はカツカツと下駄を踏み鳴らし、部屋を横断すると、そのままの勢いで扉を開いた。

「あっ」

扉の前にいた女性が、驚いた様子で目を見張った。

「アンタぁ」

「おや、貴女は」

御陵の肩越しに顔を出した音名井が、女性の姿を視認する。

「西崎さんか」

西崎と呼ばれた女性が、二人に向かって頭を下げる。折り目正しく、正確な角度のお辞儀に、今度は思わず御陵が身を引いた。

「失礼しました。西崎嗣乃《つぐの》と申します。この事務所でプロデュース業務全般を担当させて頂いております」

顔を上げて西崎が微笑む。決められた角度、定められた言葉。実に機械的な反応だと、御陵は思った。

「上の方で事情聴取は終わりましたか」

「ええ、それで、こちらに新しく来た方がいると聞いて、改めてお話をと思いまして」

音名井は廊下へと進むと、西崎を伴って部屋を離れようとする。御陵もそれを追って外に出るが、その時、伸ばした手が思わず西崎の肩に触れた。

「おい、アンタ」

「何か？」

気づいてないのか、と、聞くことはできなかった。

振り返った西崎の冷たい笑み。それよりもなお御陵の視界に浮かぶのは、その向こう側、西崎の肩越しに覗く顔。

怨み尽くした顔で、黒い髪の少女の頭部だけが浮かんでいる。

それも次の瞬間には、何もなかったかのように消えていた。


「それじゃあ、奏歌さんは来られませんか?」

「申し訳ありません。こうなってしまっては、時間の都合も解らないもので。今夜もライブの予定ですので、できれば私もそれまでには」

硬いソファに腰掛けながら、西崎嗣乃は申し訳なさそうに顔を伏せた。

一階の事務所、今も慌《あわ》ただしく警察関係者が移動する部屋の一角、パーティションで区切られた応接スペースで御陵と音名井が、この気丈な女性を相手にしている。

顔には憔悴《しょうすい》の跡が見られるが、それでも強い意思が彼女をここに繋ぎ止めている。小さな事務所だ。社長が亡くなれば、そこに開いた穴はあまりにも大きい。だがどうやら彼女は、それを一人で埋め合わせているようだった。

「いえ、構いません。また後日、お話を伺《うかが》うと思いますが、なんにせよ――」

音名井はそこで言葉を区切る。言外に「奏歌は犯人ではない」という意味を含めている。それを受けて、西崎も深く頭を下げた。

――あれは少女の霊か。

あの時から、彼女の背後に佇んでいた少女の姿。今となっては正体も摑めない。死体のある部屋に引き寄せられて、無関係な霊子が凝り集まったものだったのだろうか。

——大分、疲れている。

御陵は西崎という女性を見据えていた。

音名井の紹介によれば、西崎は二十八歳だという。御陵よりも年長だが、無理に気を張っているようにも見え、それがかえって若々しい印象を与える。

銀縁の眼鏡に細身のスーツ。化粧もせず、耳元のイヤリング以外はアクセサリーもつけていない。うなじが見えるほどの短髪。男顔でなおかつ険があり、他人から可愛いという評価は与えられないだろう。

ここ数日、ことあるごとにアイドルの顔を見てきた。女性と接することに慣れていない御陵だったが、それでもこの西崎という女性がアイドルからは程遠い存在に思えた。砂糖菓子で作られたアイドル達に比べれば、彼女は氷細工のように冷ややかだ。

ここで御陵からの視線に気づいたのか、西崎が会釈をしてから軽く微笑んだ。

「失礼ですが、霊捜研の方とお聞きしたのですが」

「ああ、御陵清太郎《せいたろう》じゃ」

見定めるような目で彼女を見ていたことを申し訳なく思い、非礼を詫びるように御陵も深く頭を下げていた。

「それで西崎さん、恐縮なんですが、また同じようなことを聞いてしまうかもしれません。まずは神谷さんを発見した時の様子を、こちらの彼にも話して貰えますか」

音名井が御陵に目配せする。大きく股《また》を広げて座っていた御陵だったが、こう紹介されては居住まいを正さないわけにはいかない。

「はい。まず今日、刑事さんがいらっしゃるとのことでしたので、午前十一時頃に一度、神谷さんを呼びに地下の部屋に行きました」

「その時も、返事はなかったんですね」

「そうです。昨晩、神谷さんが泊まり込みで仕事をすると言っていたので、恐らく寝ているのだろうと。起こすのもどうかと思い、刑事さんが来てから再び部屋に行きました」

「そこで何度呼んでも反応がないので、僕と一緒に管理人室の方へ行った。念のためですが、管理人室にあるマスターキーは誰でも借りられるようなものなのですか？」

「いえ、マスターキーはこのビルに入っている別の会社の部屋でも使えますので、他の人が持ち出すことはできません」

音名井が自身の手帳に書き込んだものと照らし合わせながら、西崎の言葉を反芻《はんすう》していく。

「それで、刑事さんと管理人さん、私の三人で部屋に入ったところ、神谷さんが倒れているのを見て——というより、亡くなっていたのに気づかず、傍に寄って起こそうとした時に初めて……」

「そう。それで僕は状況を把握し、亡くなっているのを確認してから、すぐに鑑識を手配した。御陵、お前に電話をかけたのもその頃だ」

ふむう、と御陵が大きく息を吐く。

話を聞くとは言ったが、改めて自分が口を挟《はさ》むようなものはない。気になることといえば、西崎の落ち着き払った様子だが、それも性格ゆえのものかと考えを止める。

「ところで西崎さん、貴女が神谷氏に最後に会ったのはいつですか？」

「昨日の夜十時くらいだったと思います。ここの事務所で神谷さんと仕事をしていて、私の方が先に帰りました。神谷さんは仕事が詰まっていたので、昨日も会社に泊まると言っていて」

この部分は、事前に音名井から聞かされていたものでもある。会社に残っていたのは神谷と西崎の二人。監視カメラの映像からも、西崎が夜の十時過ぎに会社を出たことは明らかだったという。

「なるほど。では西崎さん、改めて聞きますが、神谷氏はいつも睡眠薬を服用なさっていたんですか？」

音名井からの質問に、西崎はここで初めて眉をひそめた。

「そうです。何分、最近は奏歌のプロデュースで忙しくて、しばらく働き詰めだったんです。よく眠れないと言っていて、会社に泊まり込む時はいつも服用していました。昨日も同じだったと思います」

ふと御陵は、地下の部屋に転がっていた大量の酒を思い出す。

奏歌の人気は、この小さな事務所で賄《まかな》いきれるものではないはずだ。ましてや一人で、その全てを捌ききることなど余程の無茶をしなくてはいけない。その日の仕事を終え、酒を飲んで、死んだように眠る日々。その果てにあったのが、目覚めることのない眠りだったというのなら。

「あの、やっぱり事故か何かでしょうか……」

独り合点する西崎に対し、御陵の方が手を上げて制した。

「あの男は病気や過労で死んだんと違うがよ」

西崎の目が、何か異様なものを見るように細まった。

「あれは、祟りじゃ」

その言葉を聞いて、西崎は身を固くした。膝の上に置かれた手が強く握りしめられ、御陵からの次の言葉を待っている。

「祟り、ですか?」

「それも多分、日々野いま、ちゅうアイドルのな」

御陵の言葉を聞いて、西崎の体がびくりと震えた。

「日々野、いま」

「どうじゃ、知っちゅうがよ?」

西崎がゆっくりと頷いた。

「〈アバターズ〉のかつてのメンバーのアイドルです。神谷さんは、二年前まで、当時の〈アバターズ〉のプロデューサーでしたから、日々野いまもあの人が面倒を見ていたんです」

「失礼ですが、西崎さんは日々野いまの祟りが、このアイドル業界で噂になっているのをご存知ですか?」

再び西崎が頷く。今度はいくらか早く、しかしより重々しく。

「知っています。根も葉もない、とは言いません。神谷さん自身の口からは、彼女の名前が出ることはありませんでしたが、それでも思い煩っていたようです」

「これは他の職員の方からの証言なのですが、神谷氏は最近、ずっと何かに怯えていたとか」

それまで淀みなく答えを返していた西崎が、ここで初めて言葉に詰まった。音名井が先を促そうとするのを、御陵が手で制し、真っ直ぐに西崎を見据えた。

「奏歌のファンが何人も自殺しとる事件、アンタ、知っちゅうがよ」

少ししてから、三度目の肯定が返ってきた。

「私がその噂を聞いて、一度だけ話したことがあります。奏歌のＣＤに不気味な声が入っていて、それを聞いた人が自殺すると。でも神谷さんは、そんなものあり得ない、と。私もそう思いました。あのＣＤを聞いている人間は私を含め、何人もいます。でも、それで自殺した人なんて――」

「でも、社長は死によったがよ」

御陵の言葉を受けて、西崎は強い非難の眼差《まなざ》しを送った。横についた音名井が、西崎に見えない角度で足を打って小さく窘める。それには言葉が過ぎたと思い、御陵もまた視線を逸らした。

「神谷さんは自殺のことは信じておりませんでした」

でも、と続けて西崎は顔を暗くさせた。

「神谷さん自身が、日々野いまの祟りを恐れていたのは本当です。この事務所で日々野いまの幽霊を見たと言って、その頃から、泊まる時は睡眠薬を飲んでいたようです」

ここで音名井が手を上げて西崎を制した。

「ちょっと待ってください、亡くなった神谷さんは日々野いまの霊を過剰に恐れていた。それはどうしてですか？」

「日々野いまが自殺したのは、神谷さんのせいだから――だと思います」

西崎の言葉に、音名井は喉を鳴らし、横の御陵も目を細めて言葉の先を待った。

「日々野いまは、アイドル時代に神谷さんから大分、辛く当たられていたらしいんです。アイドルに向いていない、容姿が劣る、歌も上手くない。そういった言葉を何度も浴びせられていた」

「いびり殺した、ちゅうわけか」

西崎が重々しく頷いた。

「私は、当時のことは知りません。ですが噂は耳に入ります。日々野いまは、〈アバターズ〉にとって必要ない。天野かなの足を引っ張っている。神谷さんは何度も、日々野いまを罵り、アイドルを辞めさせようとしていたようです」

御陵が腕を組んで息を吐いた。

神谷という男にとって必要だったのは天野かなであって、日々野いまはその添え物に過ぎなかった。むしろ邪魔とさえ思い、彼女を蔑《ないがし》ろにする。祝福される者と呪詛される者。

その関係が続くわけもなく、やがて訪れたのは。

「耐えきれんかった日々野いまは、自殺しよった」

西崎が俯きがちに肯定を返す。

「日々野いまは、多摩川に身を投げて死にました」

3.

先に溜め息を吐いたのは音名井だった。

「自殺者が多摩川で出ていることは公表されていない」

そう言って、烏龍茶《ウーロン》の入ったグラスを引き寄せた。

事務所での聴取を終え、既に日も沈んだ頃。二人は近くの飲み屋に移動してからも、冷めた牛すじ煮込みと資料を交互に眺め続けている。

「つまり、相次ぐ自殺者は模倣をしているわけではない。それぞれが自身の判断で多摩川に赴《おもむ》き、そこで自殺を遂げている。その理由は解るよな」

「日々野いまが自殺した場所やき、多摩川に残った《怨素》に引き寄せられろう」

「あるいは、日々野いまの自殺の状況を知る者が、意図的に彼女の後追いをしているのか」

「なるほど、なら多摩川は聖地ちゅうわけじゃ」

御陵が手元の日本酒に口をつける。音名井に対しても、厄祓いで酒くらい入れた方が良いと勧めたが、職務中は飲めないという刑事らしい四角四面な理由で断られた。しかし御陵にしても、いくら酒を呷《あお》っても思考は冴《さ》えない。薄く靄《もや》がかかったように、事件の概要が摑めないでいる。

連続自殺事件。

被害者は怨霊の声の入ったCDを聞いた。そして彼らは、揃って日々野いまに祟られ、彼女の死んだ多摩川で自らも命を落とした。そこにある感情は定かではない。死ぬ時に何を思っていたのか。霊の声は聞けない。唯一の手がかりの《怨素》ですら、その痕跡を見せない。

しかし、それ以上に、御陵の頭を悩ませるのは。

「解らん」

「何がだ？」

「日々野いまが祟る理由じゃ」

「それは——西崎さんの言っていた通りだろう、日々野いまは神谷によって精神的に追い詰められ、無念の中で自殺した。十分に人を祟る理由になると思うが」

「それなら神谷だけを祟ればええ。現に神谷は死んだがよ。これで祟りは終わるはずちや」

「そういうものでもないだろう。一度外に出た《怨素》は病原菌のようなものだ。霊が意思を持って操るものでもない。後は無差別に人を祟るようになる」

「そこで、おんしと俺の意見の相違があるがよ」

「お前は霊に肩入れしすぎる。あれは一種の自然現象、災害に過ぎない。僕には、お前のように擬人化した霊と接する趣味はない」

今度の溜め息は御陵の方から。長く、わざとらしく。

「だがまぁ、お前の意見に寄り添うのなら、日々野いまが怨んでいたのは、神谷だけではなかった、というのならどうだ」

「どういうことじゃ」

「奏歌のステージでは不自然なまでに霊子を遮断していた。彼女の元にも祟りが起こっていたということだろう。これは、日々野いまが奏歌、つまり天野かなも怨んでいたとしたら説明がつく。自分が比べられていた相手だ。生前は意識しなかったような、深い怨みの感情が、死後に発散される。そういう話もあるだろう」

「ありよるから、考えとうなかったねや」

積み重なった怨み。

日々野いまは死ぬ間際まで誰かを怨み続けた。そうして彼女の体から漏れ出た霊子は強い《怨素》となり、関係者を次々と祟っていく。神谷を、奏歌を、彼女を守れなかったファン達を。あるいはもしかしたら、アイドルという存在そのものに深い怨念を抱いたのであれば。

彼女の《怨素》は際限なく広まり、次々と伝染していくだろう。そうなれば、これからも自殺者が出てくる。

「となりゃ、俺達のすることは単純ちや。日々野いまの祟りを防ぐ、それだけよ」

音名井も、その意見には同感なのか、この日初めて笑みらしい笑みを見せた。

「神谷氏の検視結果が出るのには少しかかるはずだ。ならば、先に日々野いまの情報を集めよう。二年前に多摩川で自殺した女性だ、警視庁《うち》の方でも資料が残っているかもしれない」

「ならこっちはちょうど、霊捜研でCDが方を調べとろう。日々野いまの資料でもあれば、声の正体を特定できろうよ」

「なんにせよ、また明日からだ。とはいえ——すまんが御陵、僕は明日、用事があってな。何かあれば駆けつけるが、こちらからコンタクトはないと思ってくれ」

「へいへい。俺も久々に研究所に籠もらせて貰うぜ」

それから一通り、二人で諸々《もろもろ》の確認を済ませ、小一時間経《た》ったところでようやく音名井が牛すじ煮込みに手を伸ばした。

「ところで音名井、その牛すじは絶品ちや。なんちゅうても添えたショウガが合う。そりゃ俺の故郷、高知のショウガよ。色と味で解る。いや、ええもんを使う」

うんうん、と頷く御陵に対し、音名井が口を開けたまま胡乱《うろん》な視線を送る。

「まさかとは思うが、僕が食べるのを待ってたのか」

「当たり前じゃろう。こがいに旨《うま》いモン、一人でよう食わいでか。おんしも存分に味わっとぉせ。そうじゃ、ショウガゆうたち、俺も家で甘酢漬けを作っちゅうき、今度分けちゃるきに」

不思議なものを見るように、音名井の目が訝《いぶか》しげに細まった。

「お前、料理の話をする時はやけに活《い》き活《い》きしてるな」

ぐっ、と御陵が詰まった。興《きょう》が乗って話してしまったが、料理を趣味にしていると知られたら、この男は何を言ってくるか解らない。さすがに頭ごなしに馬鹿にはしてこないだろうが、それでも面と向かって言いたくないこともある。

牛すじに舌鼓《したつづみ》を打つ音名井を横目に、御陵は無言のままに日本酒に口を浸した。

4.

ぐえぇ、と。

霊捜研のオフィスに、愛くるしくも微妙に可愛くない悲鳴が響いた。

「ほれ、拗《どく》ねんなや。もうちっとで終わるき」

「いやッス、いやッス！」

御陵に肩を摑まれ、パソコンに向き合ったままの吾勝《あがつ》が必死に首を振る。

「ウチ、こないだから何千回も聞いてるんですよ？　必死にCDの音源を調べてたんですよ？　ミサさんが可愛いアイドルとイチャコラしてる間に！」

御陵が吾勝の小さな頭を掴み、ぐるぐると無慈悲に回し始める。吾勝はぎゃあぎゃあと喚き散らし、しまいには「いじめないの」と、所長席から烏越《うえつ》の声がかかった。

「やき、その結果を知りたいがって言うつろう。すっと結果を出せや」

「本当に最後ですからね？　ウチ、この声ずっと聞いてたせいで耳に残って、昨日もよく眠れなかったんスから」

そう言って、吾勝はキーボードを叩いて音声解析ソフトを起動させる。吾勝自身が独自に組んだらしく、その機能は霊の声を鑑定するというもの。ぱちぱちと打鍵《だけん》を繰り返し、例の奏歌のCDから抽出したという霊の声を波形として表示させる。

「相変わらず、器用じゃのう」

「ミサさんが頭を放してくれれば、もっと器用になってみせますけど」

御陵がポンポンと二度ほど頭を叩いてから手を離す。

霊子工学に特化した吾勝の頭脳は、この霊捜研でも重宝されているが、無念なことに御陵にはそうした才媛《さいえん》ぶりは通じない。一応は御陵と同期だが、歳《とし》も態度も上とあっては、この関係も已《や》むなしといったところ。

「で、この波が霊の声ちゅうわけか。再生してみ」

「ぐう、本当に最後ですからね」

吾勝がソフト上で再生ボタンを押すと、スピーカーを通して例の声が響く。こっちに来て。御陵自身も何度も聞いたそれが、より鮮明な声となって届く。

「解析の結果、CDに後から入れられたものじゃないってのが解りました」

「どういうことじゃ」

「察しが悪いですね。だから、意図的に入れたわけじゃないってことッスよ。CDの売り上げを伸ばすために、会社側で合成したとか、そういうこと考えないんスか？」

「そがいなモン、なんの意味があんねや」

「解んないかなぁ。霊の声が聞こえる、それも奏歌に縁のある自殺したアイドルのものらしい、これだけでファンじゃない人にも噂は届きますよ。聞くところによれば、奏歌の事務所の社長っていうのは、元は霊感商法で荒稼ぎしたって人なわけですよね。それなら、幽霊を使った広告や、都市伝説みたいな口コミの重要性は十分に理解してたと思うッスよ」

ふむ、と御陵が唸る。

確かに、CDの声自体はあの神谷も把握していただろう。だというのに録《と》り直すでも、販売を差し止めるでもなく、そのまま広まるに任せていた。確かに心霊CDという惹句《じゃっく》は、奏歌に興味を持たない人々にも届くだろう。それだけで事務所としては大きな宣伝になる。

御陵は声を出さずに笑った。祟りを引き起こす怨霊も、生きた人間の欲に上手く利用されては立つ瀬ない。人間の浅ましさと、祟ることしかできない幽霊の儚《はかな》さ、その両方が滑稽《こっけい》に思えた。

「で、この声が後から入れられたモンやないがやったら、つまり、歌を録音する時に入りよった声ちゅうことやか」

「だと思いますよ。多分、奏歌個人に憑いていた《怨素》が影響して、入り込んだんスね」

「もっかい再生してみ」

ブンブン、と吾勝が首を振ってきたので、御陵は無理矢理マウスを奪って再生ボタンにカーソルを合わせる。ついでに連続再生を選んで、声をリピートさせ続けた。

「ウチが死んだら、ウチの《怨素》をミサさんのところに直送しますからね」

「地獄に送り返すがよ」

「ウチ地獄行くんスか⁉」

二人の会話の最中にも、パソコンからは例の声が漏れている。

「むぅ。それでなんスけど、この声の主は高い確率で日々野いまだと思われます」

吾勝が声の再生を一度止め、別の動画データを引き出してくる。それを再生すると、大写しで奏歌こと天野かなの姿が映った。今よりも幼く見えるが、その整った顔立ちは変わりない。

「これはウィスパーのログに残ってた天野かなの動画ッス。これの一部に、撮影してる日々野いまの声が入ってます」

動画はパジャマ姿の天野かなを映したもので、恥ずかしそうに微笑む彼女を追っている。すると動画の最後の方で撮影しているスマートフォンが落下したのか、画面が暗転し、その後に二人分の女性の笑い声と話し声が微かに響いた。

「今のが日々野いまの声です。それで二人分の音声を解析して、別々にデータにしたのがこっちですね」

そう言って吾勝は元の音声解析ソフトを表示させ、新たに二つ分の波形を表示させる。次いでその一方を操作し、CDに入っていた例の声の波形と重ねあわせる。発した言葉が違うために微妙な差異はあるが、発音時の特徴は酷似していた。

「なるほどな、で、今のは音声だけがやろ。日々野いま本人の写真はないがかよ」

「うーん、それなんスけど、前にいた事務所の方で大分削除しちゃってたみたいなんスよ。ネットの方を大分探って出たのが、これくらいッスね」

そう言って吾勝は、さらにパソコン上に一枚の画像を表示させる。照り輝くコンサートライトの先で、小さく二人の女性がステージに立っている。

「二年前の〈アバターズ〉のライブのものらしいッス。小さくてよく解んないッスけど、一応、アップにして解像度を上げたのがこっちッス」

吾勝は続けて、別の画像を表示させた。同じ写真だが日々野いまの顔が判別できる程度には大きくなり、一所懸命に歌う彼女の姿が見えた。

「言っちゃなんスけど、この日々野いまって子、可愛くないスね——って、ぎゃあ！」

御陵の親指が吾勝のこめかみに押し込まれていた。

「悪く言うモンやないがよ」

「ちょちょ、変なツボ押さないで……。もう、ウチもブサイク側の人間として発言してるんスよ。ウチだったら、アイドルなんて目指せないな、って、そういう意味です」

「俺は女性の顔の良《よ》し悪《あ》しなんぞ解らんちゃ」

そうは言ったが、御陵の目から見ても、日々野いまはアイドルに向いていないように思えた。良く言えば純朴だが、至って平凡、他ならぬ奏歌と並んで立ってしまえば必ずや見劣りする。

「日々野いまに対する反応も悪かったッスね。ネットの掲示板でも、口さがないことばっかり言われてましたよ。顔が悪いとか、もっと酷い、改めて口にもしたくないくらいの悪口。もし、あれを見たら、とてもじゃないスけど、アイドルなんて続けられませんよ」

日々野いまに対するファンからの反応は、図らずも神谷と同じだったというわけだ。ただファン達は、表立って悪口を言わない。それは逆に言えば、自分に普段から笑顔で接してくる人間が、裏では何を言っているか解らないという恐怖でもある。日々野いまの怨みの種は、そうした土壌であまりに育ちすぎた。

「なんだかやるせないッスね」

御陵の気持ちを代弁するように、吾勝がぼそりと呟く。それには御陵もいくらかほだされ、彼女の頭頂部を親指でついた。

「なんスか」

「背が伸びるツボやき」

吾勝から抗議の一発が飛び、御陵の下顎を打った辺りで、ちょうどパソコンにメールが届いたことが知らされた。送信元は研究所内、この場にいない萩原《はぎわら》からのものだった。

「ハギー先輩からですね。ちょうどあっちで《怨素》鑑定を頼んでたんです。ずばり日々野いまのものですよ」

吾勝がメールに添付されていたデータを開き、鑑定結果を表示させる。そこには連続自殺事件の被害者から検出された《怨素》の型が、日々野いま本人の霊子と一致したという旨が書かれていた。

「これで確定ですね。祟り事案《インシデント》の原因は日々野いまで間違いないです」

「日々野いまの霊子型の資料なんぞあったんやか」

「警視庁の方から、二年前に多摩川で出た自殺者のデータを送って貰ってたんですよ。該当者は一件で、関係者から日々野いまだと証言も出てます。ちなみに自殺者の画像もあるんスけど、発見が遅かったらしくて大分腐敗してます。見ますか？」

「かまんき、出してくれや」

ほいほい、と吾勝が添付データの中から変死に関する記録を出す。発見時の様子や、死体の上がった多摩川の河川敷の写真に続いて、検視に出された死体の写真も出てくる。残された頭髪から、若い女性だと判別できるが、顔のパーツも既に腐り落ち、黒く開いた眼窩《がんか》がこちらを睨んでくる。

「岩田公香《いわたきみか》――本名ッスね。十八歳。発見場所は青梅市《おうめ》の調布橋付近。川を流されたのと、夏場で腐敗が進んだせいで、最初は誰かも特定できなかったとか」

年若いとはいえ、霊捜研の所員として人の死に接する吾勝だった。この程度であれば顔色一つ変えずに作業を続けられる。

「家族や交遊関係はどうやか？」

「彼女、両親ともに死別していて、祖父母に育てられてたらしいッス。それも上京後は一人暮らしで、加えて学校の友人もいなかったとか。本当にアイドルが全て、って感じの人生だったんスね」

パソコン上で画像がスクロールし、検視写真が次々と表示されていく。水で膨《ふく》れた白い肌に、川底の石によってつけられただろう裂傷、あちこちで骨が露《あらわ》になり、在りし日の彼女を思い起こさせるものは何もない。どんな人間であれ、死ねば無様《ぶざま》に腐った姿を晒《さら》す。それがアイドルとして、ステージの上で輝いていた人間であろうと。

「で、この岩田さん、つまり日々野いまの《怨素》鑑定で、自分自身から《怨素》が検出されたので自殺と判断されたそうですよ」

「その残っとった《怨素》が、今回の連続自殺事件の被害者についとったモンと同一やったちゅうわけか」

「そっスね。当時は単なる自殺で、身元も早々に判明したから捜査はそんなにしなかったらしいんですけど、こんな状況ですからね、今は霊捜研でも再調査中ッスよ」

吾勝は続けてキーを叩く。次いで表示された画像は、精巧に作られた頭蓋骨のCG図だった。

「これが今、向こうでハギー先輩がやってる復元作業の途中経過らしいですよ」

「復元って、何をじゃ」

「日々野いまの頭蓋骨に傷がないかとか、顔を復元して調べてるんスよ。自殺で片付けられてますけど、一応、もしかしたら、ってことで。さすがハギー先輩、頭蓋骨大好き人間。変態の鑑《かがみ》」

「そういや、そがいな趣味しとったな、あの男」

御陵の脳裏に、頭蓋骨を大事そうに抱える萩原の姿が浮かぶ。人間の死に携わらせるには危険な部類だが、こと霊捜研にあっては有能な存在でもある。つくづく天職だったのだろう、と御陵は思った。

「それはそれとして、ミサさん。ヒッキー先輩のところには行ったんスか?」

「あそこで寝たぼけちょる女か」

御陵が親指で背後を指す。そこには自身の机と隣の御陵の机を専有し、我が物顔で寝息を立てている曳月の姿があった。

「ヒッキー先輩、なんかミサさんに話したいことがあるって言ってましたよ」

「その挙げ句、俺の机を占拠しゆうがかよ」

已むなく、無責任に手を振る吾勝を残して、御陵は自身の机の方へと戻る。見事なまでに二つ分の机に上半身を伸ばし、座ったまま眠る曳月を見て、深く深く溜め息を吐いた。

「ほれ、起《おど》きろ《ろけ》」

試しに曳月の座る椅子を蹴飛ばしたが、案の定、その程度で起きる様子はない。これを注意しない烏越に非難の眼差しを送れば、そそくさとコーヒーを淹《い》れに席を立っていった。

その後は実力行使。御陵は曳月の体を引き上げ、無理矢理に彼女の席に据え置いた。これにはさすがに目も覚めたらしく、ぶつぶつと寝言と文句を撒《ま》き散らしながら、曳月は大あくびを残して——再び器用に寝始めた。

「起きろや」

それから数分、あれやこれやと手を尽くし、烏越が罪滅ぼしに淹れてきた濃いコーヒーを受け取って、ようやく目が覚めたようだった。

「おはよぉ、清太郎ちゃん」

ニコニコとコーヒーを啜《すす》る曳月に、いよいよ御陵も何も言えなくなり、自分の席に座って無言のまま彼女を見つめる。

「あらら、顔になんかついてる？　それとも私に恋しちゃった？」

「吾勝やったら打《ぶ》っとるぞ」

「冗談だってば。殊ちゃんから聞いて来たんだよね？」

「なんぞ俺に伝えたいことでもあるちゅうて、わざわざ話しにきたがよ。阿呆《あやか》らしいこと言いよったら早退するき」

大丈夫よ、と間延びした声をあげて、曳月は笑顔のまま自身のノートパソコンを引き寄せた。

「実は私、例のCDを聞いて自殺した人の共通点を探ってたのです」

それを聞いて、にわかに御陵の表情が曇った。

「待てや、共通点も何もあるかよ、あの霊の声を聞いた人間は、無差別に自殺する、そういうモンじゃいか」

曳月が洒落た調子で指を立てて横に振る。

「違うんだなぁ、これが。だってそれだと、あまりにも自殺者の数が少なすぎるもん。あのCDを聞いたのはざっと数千人、場合によっては数万人。だけれど自殺者は判明しているだけで数人だけ」

「それはあれじゃろ、多摩川での自殺だけを数えとるがやき、もしかしたら把握しとらんモンもあるかあらん」

「違う違う。それも私の推理だと、自殺者は多摩川だけで出るものだと思ってるよ。だって日々野いまは多摩川で自殺したんでしょ？　それなら川に残った《怨素》に影響されてる、ってのが有力な可能性よ」

御陵は腕を組んでから唸る。それは確かにそうだろう。全く何もないところから《怨素》を抱え込んで自殺するというのは想像できない。そうであれば、CDの声はきっかけに過ぎず、本来の《怨素》の正体は多摩川に残る方だというのか。

そういったことを伝えれば、これまた曳月が首を振る。

「確かに多摩川の《怨素》は要素の一つだけど、それが正体じゃないのよね。飽くまでCDに込められた声の方が危険なわけよ」

「ややこしいこと言うなや。すんぐに結論出せ」

「つまりね、自殺した人間はいくつかの要素を重ねて持ってたと思うのよ」

さも面白そうに、曳月は口に手を当てて自説を開陳《かいちん》し始める。

「まず要件としては、CDを聞くこと。なおかつ多摩川に近づくこと。実はこれだけで該当者の数が減るのよ。だってCDは沢山流通してても、東京近郊に住んでいない人だって沢山いるからね。これは自殺した人の住所を見ればすぐに解ったのよ」

「そりゃ――そうか、多摩川に残った《怨素》が影響しゆうがなら、近づいただけであかんちや。つまり、潜在的には自殺するかしらん人間がもっとおるちゅうわけやか」

「そゆこと。だからやっぱり、私達は心霊CDを通じて拡散される《怨素》を防がなくちゃいけないのよん」

で、と曳月はさらに言葉を続ける。

「次に大事なのが、生前の日々野いまに接した人間が自殺してる、っていう可能性」

御陵はさらに唸り、椅子に深く腰掛けた。曳月も居住まいを正し、真剣な表情を作った。

「こないだ自殺した日吉《ひよし》氏、あの人はアイドルの子――美野ちゃんだっけ？　その子によれば、昔から奏歌のファンだったんだよね。だったら当然、日々野いまが在籍してた時代にも会ってた可能性がある。ここまで言ったら、清太郎ちゃんも解るよね」

曳月は指を立て、そのまま御陵の方へと突きつける。

「つまり《縁》か」

曳月が意味ありげに頷いた。

「袖振り合うも多生の縁。私達が普段生活する中で、垂れ流しにしてる霊子は知らず知らずの内に、出会った全ての人に付着してる。《怨素》はそこで生まれた《縁》を辿って――さながらマーキングされた場所を目指して還《かえ》っていく。死んだ人の霊を近親者が見るっていうのも、これが主な理由」

曳月は言いながら、自身の机の上にあるノートパソコンを起動させた。

「この辺が心霊CDで自殺者が出る条件なわけだけど、何より、なんで聞いただけで自殺をするのか、私はそれが不思議でうたた寝しながら考えてたのよ」

「ほいで俺の机で寝とったがかよ」

「清太郎ちゃんの机、広くて寝心地最高」

イラッと来たので、御陵は手近なボールペンの柄で曳月の横顔をつついておいた。そんな抗議もどこ吹く風、曳月はノートパソコンを開いて御陵の方へと向ける。

「そもそも清太郎ちゃんは、なんで動物が自殺をしないのか知ってる?」

「そりゃ、生き物だからじゃろう。生き物は何がなんでも生きるのが道理じゃ」

「そう。だけど、人間は自殺をする。それは人間が高度に社会的な生き物だから。社会のしがらみによって、自ら命を絶たざるを得ない状況に追い込まれる。高度な社会を持ったがゆえ、人間は生存の本能とは離れたところで、自らを殺すことができる」

曳月がどこか悲しそうに目を伏せる。

「その果てにある自殺の一つの形が、いわゆる殉死《じゅんし》よ」

「殉死、か」

御陵が小さく呟く。

「殉死や殉教、これは私の宗教化学の分野だけどね。人は、愛国心や信仰、あるいは政治思想によって、死生観が大きく揺らぐ瞬間があるの」

曳月がノートパソコンを操作し、一つの画面を表示させ、御陵の方へとよこす。そこにあったのは曳月自身がまとめたレポートであり、数多くの殉死に関するデータが並べられていた。

「信仰を守るために迫害され死んだキリスト教徒、悟りを求めて肉体を捨て去る仏教徒。あるいは戦争で、国家のために命を落とす兵士達。抗議のために焼身自殺をする運動家。古今東西、人間は自殺を禁忌《きんき》としながらも、より大きな何かのために命を落とす。それが正しいことだと、人間は脳の中で生存本能を騙《だま》すことができる」

御陵が曳月のデータを眺めている中で、次に現れたものはよく見知った霊子に関する論述だった。添付された画像には、人間の霊子構造のモデルと、そこからクローズアップされた十字形の霊子結晶が映っている。

「こりゃなんじゃ、テレシアンちゅうんか」

「前に話したでしょ、宗教的エクスタシーを感じた人間に形成されるエクスターゼという霊子結晶。それはその派生系。エクスターゼが宗教指導者の脳に現れるものなら、テレシアンは信者に現れるもの。主に宗教的な興奮を司《つかさど》るもの」

御陵が喉を鳴らした。

法悦、熱狂、狂信。数々の宗教に付随した感情こそ、こうした霊子結晶の影響であるとするのが宗教化学の一つの到達点。民間宗教者とはいえ、これまで他ならぬ御陵自身が取り扱ってきたものでもあった。

「テレシアンはニューロン間を移動するドーパミンの量を過剰にする効果がある。つまり、幻覚や快楽をもたらすわけよ。それにプラスして、宗教的興奮を伴って起きることが、即ち――」

殉死、と、御陵が言葉を継いだ。曳月が息を吐きながら頷いた。

「自殺を抑制する生存本能を超越するのが、このテレシアンによって引き起こされる快楽。死ぬことは、自らが信じるものに対しての最大の奉賛《ほうさん》になる。生と死に対する価値体系が、その一瞬だけ崩れ去るのよ」

「おい、ちくと待てや。確か、エクスターゼは宗教家だけやのうて、アイドルにも現れるんがやったな。ちゅうことは、そのテレシアンゆうものも――」

「そう、アイドルのファンにも間違いなく生成されてるはず」

御陵が思い起こすのは、ライブハウスでアイドルに向かって歓声を送る者達の姿だった。そこにあるのは確かな信仰。彼らがもし、古《いにしえ》の殉教者と同じような状況に追い込まれたのなら、喜んで命を差し出すのだろうか。全てがそうとは言えない。しかし、一部には生と死の価値観を違えてしまった者もいるだろう。

そうであるなら――

「つまり、そういうことよ。あのCDに込められた《怨素》は、聞いた人間のテレシアンを活性化させる効果がある。元々、アイドルのファンだった人達だもの。十分に素地はあったというわけ」

川面《かわも》に立つ日々野いまの姿を、御陵は幻視した。

こっちに来て。

手招きする彼女に向かい、一歩、その死に向かい足を踏み出す。彼女の元へ行けるのなら。ほんの少しでも話せるだけで幸福だった。それが死後も一緒にいられるのなら。それは自らの命の全てよりも、なお価値のある死になる。

そう信じてしまった者達。

御陵が苦々しく息を漏らした。自殺者達を責めることなどできない。人間の感情を他人が全て理解できるわけもない。しかし、それでも、その死が与えた影響は小さくないはずだ。彼らにも家族がいた。友人がいた。他人と築いてきた小さな社会に、いきなり大きな穴が開く。嘆きと戸惑い。日常が否応《いやおう》なく変わる。死とはそういうものだ。

自殺という行為そのものに怨みなどない。しかしそれが、他人の《怨素》によって引き起こされているという事実に、御陵は憤る。それは道理に合わない。

御陵が顔をしかめていると、ちょん、と頬を指先で小突かれた。思わず反抗しようとしたが、対する曳月の気の抜けた笑顔に、そんな気も起きなかった。

「というわけでぇ、これが聞くと自殺するCDの正体でした、っと。あとは清太郎ちゃんがなんとかしてごらんなさいな」

曳月が眠たげな声を出す。凝りに凝った肩を回してから、大きなあくびを一つ残した。

「もちろん、さっきも言った通り色んな条件はあるから、聞いた人全員が自殺するってわけじゃないだろうけどねぇ」

目をこすりながら、曳月は御陵に向けて指を三本立てる。

「結論を言うと、一つ目の条件はCDを聞くこと。二つ目が《怨素》の出元である、生前の日々野いまに接触した者。三つ目、それでいて死後の日々野いまの霊子に触れる、つまり多摩川周辺に行った人間。この条件に当てはまった時だけ、該当者は脳内でテレシアンが異常生成され、自殺を正しいと思ってしまう」

自殺をする者とはつまり、それら三つの条件を満たした者。

その説明を受けた時、御陵はふと一つの事実に思い至る。目を見開き、どこかから湧《わ》き出る不安を口にした。

「今、なんちゅうたがよ」

「だからぁ、自殺するには条件は三つあるって――」

その瞬間、御陵が身を乗り出して、曳月が立てた三つの指を上から摑み取る。手を強く握ったまま、御陵が真剣な眼差しで曳月の瞳を見据える。

「え、え? なに、突然。愛の告白? 私、告白されちゃうの?」

「ちゃうわ」

曳月の手を引いたまま、御陵が顔を近づける。

「おる」

「何が?」

「その三つの条件に当てはまるかもしれん人間が、知り合いにおるんじゃ」

ステージの上で歌う美野雪の姿が、御陵の目には浮かんでいた。

第四章――笑顔

1.

中野《なかの》の霊捜研を出てから数十分、西日に染まる新宿歌舞伎町《しんじゅくかぶきちょう》を駆ける御陵《みささぎ》の姿があった。

人混みを掻き分け、雑多な通りを走る。黄金色《こがね》に照り返すビル、居酒屋の看板に光が灯り始める。胡乱な様子で歩く者もスーツ姿の者も、外国人も、すり抜ける御陵の目には留まらない。

美野雪《みのゆき》。彼女の立つステージが、今日、この歌舞伎町のライブハウスである。曳月《ひきつき》に調べて貰ってから、霊捜研を飛び出すまで一分とかからなかった。連絡を取る術などない。会って伝える他ない。

歌舞伎町の外れに、その小さなライブハウスがあった。既に人は入っているらしい。地下へと降りて喧《やかま》しい扉の前に立つ。

これが勝手も解らない状況なら歯噛《はが》みしていただろうが、幸いなことに、こうしたライブハウスもつい先日、音名井《おとない》に連れられてきた。この時ばかりは、彼にささやかな感謝を捧げようと思えた。

御陵が扉を開けた時、あの時と同様か、それ以上の熱気が襲ってきた。

会場は既に人で埋め尽くされている。歓声と音響が入り混じった、何かまとわりつくような空気が御陵の体を捉える。余計なことは告げず、早々にチケットを受け取ると先へと進む。暗がりの中で、人々が光を焚いてステージ上のアイドルを応援している。美野のいるグループの登壇にはまだ時間があるらしい。

——霊子《りょうし》か。

周囲を顧《かえり》みることもない人々の間をすり抜けながら、御陵は自身に群がる、噎《む》せ返るような空気の正体に気づく。

あの時は霊子を遮断していたために感じなかったが、ここではそうもいかないらしい。喉の奥がひりつくような、独特の臭気。霊能力者でなければ感じることもないだろうが、凝り固まった霊子の渦は御陵の三半規管を侵していく。

思わず俯き、会場の端へと逃げる。そのまま荷物の置かれたスペースに座り込むと、息を吐いて様子を見守る。騒がしい声と、胸を内側から叩くような強いリズムの曲。

「こりゃ、たまらん」

会場に満ちるのはただの霊子だけではなく、限りなく《怨素《おんそ》》に近いものも感じられた。

アイドルという少女の幻想を追う人間達。こういった手合いには疎《うと》い御陵だが、この空気自体はつとに知っていた。

怨みつらみ。誰が好き、誰が嫌い。自分だけを愛してくれ、別の男が好きなんだろう。信じればまた裏切られ、嘘をつき、気持ちを隠す。男女の感情のもつれなど、いつの世も《怨素》を生む火種になる。

「まるで世話物じゃ」

深く溜め息を吐いて、御陵は力なくうなだれる。

しかし、と奮起し、美野を探して人でごった返すライブ会場を縫うように歩く。出番まで時間はある。ステージ裏にいなければ、出演者の詰める楽屋にでも乗り込むべきか。盛り上がるステージから少し離れ、御陵は後方の関係者入り口に近づいていく。

しかし、こういう時の向こう見ずは良いようには働かない。

「ええから、中に入れろゆうとるがよ」

結局、こうしてスタッフと押し問答を続ける羽目になった。こうした面倒事にも慣れたものなのか、早々に警備員が呼ばれ、屈強な男達に囲まれている。

「ほら、ダメだ。帰った帰った」

「やき、言うつろうが。俺は警察関係者がやって」

左右の男達に向かって御陵が喚くが、それも通じない。出直せば良いが、警備員のにやついた態度が気に食わない。ここまでする理由もないが、道理に合わないものには唾《つば》を吐くのが信条だ。売り言葉に買い言葉で、次第に語気を強めるスタッフ側と御陵の間で、いよいよ乱闘が巻き起ころうかというところで、

「どうかしましたか」

と、玲瓏《れいろう》な声が届いた。

「あァん？」

警備員とお互いに襟《えり》を摑み合っている御陵が、声の方を振り返る。

「あ」と、声の主が情けなく悲鳴をあげた。

そこにいたのは、派手なパステルピンクのTシャツにジーパンというラフな姿、そして、いつもの通りの眼鏡姿の男。

「おんし……」

「お前」

音名井高潔《たかきよ》が、目を丸くして御陵を見ていた。

「音名井、なんで」

「人違いだ」

サッと音名井は顔を逸らしたが、直後、後ろからついてきたのであろう数人の男達——

いずれも音名井と同じTシャツを着ていた——が合流し、

「どうしたんですか、タカちゃんさん」

などとのたまう。

「タカちゃんさんだァ？」

と、御陵からの声に音名井が顔を背ける。

「タカちゃんさん、そっちの人は知り合いさん？」

「どうもどうも、初めて見る方ですよね。在宅の雄、タカちゃんさんのご友人なら、在宅オタの人ですか」

「でもなぁ、好意余って楽屋凸《とつ》とは、いや、これはいけないよ」

口々に声をあげる集団。音名井の方はといえば、苦虫の群体を口に放り込まれたような表情で御陵を睨《ね》めつけている。

睨み合う御陵と音名井。それを中心に、スタッフも警備員も、アイドルファンの集団も、訳も解らずに険悪な雰囲気に呑まれる。しかし直後、ステージの方から歓声が響くと——新たにアイドルが歌い始めたらしい——突如としてファンの集団がそちらに向けて駆け出した。

人知れず、音名井もその集団に混じりながら。

「おいコラ、音名井」

「説明は後でする。今はライブ中なんだ」

　警備員に掴まれたままの御陵が、駆け去る音名井の背を見送った。

　数組のアイドルが歌った後、ようやく音名井が疲れた表情の御陵の方へと寄ってきた。

「つまり、なんだ」

「なんじゃ」

「こういうことだ」

　音名井はそう言って、自身の着るパステルピンクのTシャツを指し示す。洒落た横文字が印字されている。洒落すぎて御陵には判読もできなかったが、アイドルグループの名前だろうということだけ理解できた。

「なんじゃ、おんしアイドルのファンがやったがか」

「馬鹿には、するなよ」

「せんわ。人の趣味に口出せるほど、俺も真っ当に生きちょらん」

　ふぅ、と音名井が安堵の息を漏らす。

「本来なら、こういった趣味に血道をあげることなど、警察官としてあるまじきことだ。ましてや殺人事件を放って応援に駆けつけるなど、我がことながら情けない。しかし、今日のライブは僕の応援するグループと、例の美野雪がいるキューラボが同時に出ているから、どうせなら顔を出せればと思い、なんだ、その――」

次第に語尾が怪しいものになっていく音名井に対し、御陵は注文していたビールを差し出した。溜め息一つ。音名井はそれを受け取るや、一気に飲み干した。

「おんしがこういうンに妙に詳しいがは、こがいな理由があったねや」

「一応、普段は家で楽しむ程度だ。それと、くれぐれも他の霊捜研の人らには――」

「言わん言わん。まぁ、ええじゃいか。普通が刑事やったら息抜きでもするとこ、真面目一辺倒なタカちゃん警部補殿は捜査も忘れんかったがやき」

空になったプラスチックカップが御陵の顔に押し付けられた。

「こうなっては言わせて貰うが、今回の心霊CDの事件というのは、一人のアイドルファンとしても心を痛めている。事態の解決を望む気持ちは、他の刑事よりも強い」

眼鏡を直しつつ、音名井がいつもの自信に満ちた表情を作る。

「それより御陵、お前の方こそなんでここにいる?」

「そりゃあ、美野に――」

御陵が言いかけた辺りで、ステージ上にライトが当たる。観客の歓声と共にスモークが焚かれ、色とりどりのコンサートライトが煌《きら》めき始めた。

「ああ、ちょうどそのキューラボの出番のようだ」

自然とステージに近づいていく音名井に従い、御陵もまた人を掻き分けて前方へと突き進んでいく。舞台の左方に陣取ると、手を振りながらアイドル達がステージに上がってくるのが見えた。

「それで、何を言いかけたんだ」

「美野に伝えたいことが――」

曲が流れ始める。歓声の中で、ステージに躍り出る真白《ましろ》ひかりと、その背後に美野の姿が見えた。

「すまん、よく聞こえない。なんだって？」

「やき、美野に言いたいことがあるがよ！」

御陵がそう叫んだ時、彼を取り囲むアイドルファンが一斉に振り返った。何かまずいことでも言ったかと、御陵が身を固くした、次の瞬間に、

「ゆきにゃああ！」

と、どこかからの絶叫。

ざわつくファン達が御陵の元へと駆けつけ、その体を持ち上げようと手を伸ばしてくる。

「お、おい、なんじゃ」

「ああ、慌てるな。リフトだ」

ファン達が御陵を取り囲み、二人の男がその体を持ち上げた。既に歌が始まろうとして

いる。ステージ上で小さく驚いた表情をした美野と、御陵の目が合った。

「アイドルファンの応援方法の一つだ。目立つために数人がかりで持ち上げる。一歩間違うと厄介なオタになるから禁止されるところもあるが、ここはいいだろう」

「何を冷静に説明しとるねや、早よ降ろせや！」

御陵の叫びも虚《むな》しく、歌が始まると共に歓声もより大きなものとなり、既に事態の収拾も困難となった。

「うおお、ゆきにゃあ！」

御陵を持ち上げるファンの一人が叫ぶ。それを呼び水に口々に美野の名前を連呼するファンの姿。

「美野推しはほぼいなかったからな、お前を新規のファンだと思って盛大に歓迎しているんだ」

「やき、何を冷静に――」

「ここまで来たら、どうせ曲が終わるまで話せんだろう。せっかくだから応援しておけ。ちなみに美野の担当カラーは白だぞ」

そう言って音名井は、自身が持っていたコンサートライトを御陵に投げ渡した。かくあっては御陵の方も何もできない。諦《あきら》めと自棄《やけ》の向こう側。ファン達に抱き上げられたまま、一所懸命にステージの美野に向かって名前を叫び続けた。

「ああ、どうなっても知らんちや！」

明るく可愛らしい曲の中で踊る美野が、御陵の方へと何度か視線をよこしてくれていた。これでもかというくらいの笑顔を伴って。

疲れた表情で、御陵がうなだれていた。

「それで御陵、お前は例のＣＤの危険性を美野に伝えに来たというわけか」

ライブも終わり、一通りのことを音名井に話すと、彼も深く唸って美野の身を案じていた。

「ほうよ、曳月が言うところじゃ、美野も他の自殺者と共通の要件を満たしとる。具体的な対応策はまだ解らんが、とにかく多摩川には近づかんように言い含めないかんちや」

それにしても、と。

「アイドルのファンゆうんは、あんなに熱いモンなんなが」

「意外と体育会系だからな」

既に美野達の出番も終わり、御陵は音名井と共に、ライブ後の物販の列に並んでいる。辺りを見回せば、狭い会場の中で、ファン達が談笑し合っていた。

「しかし、御陵も二度目にしては堂に入った応援ぶりだったな」

「自棄のやんぱちよ」

力なく言う御陵だったが、直前までの興奮は覚えている。歌って踊る美野のために、力の限り応援した。見も知らぬ周囲のファンと一体となって、声を張り上げる。そこには確かな熱狂があった。

——テレシアンか。

御陵はこの感情の正体を知っている。曳月の言う通り、これを経験した人間には、独特の感情が生まれるのだろう。その果てにあるものが、なんであれ。

「それはそうと、今俺らが並んどるのはなんじゃ、チェキ列ゆうんか」

「そうだな。美野とチェキ、写真を撮れて、その間に短いが話ができる。終演を待って刑事として話しに行けばいいんだろうが、今日の僕はただのアイドルファンだからな。流儀に則《のっと》って話す」

「まぁ、俺もここで特別な立場ゆうんを振りかざすんは好かん。短くても伝えられろう」

御陵はここに来て、ようやく安堵の笑みを浮かべた。

急いで来たものの、さすがに、ライブ中の美野に心霊CDの危険性を伝えることなどできなかった。ただ、ひとまずの対処法を伝えるだけならば、この小さな機会でも問題はないだろう。

二人してのろのろと列を歩き続け、やがて最前へと及ぶと、前方に控える美野の姿が目に入った。彼女は御陵と音名井の姿を見て、優しげに微笑みながら手を振る。

「それじゃあ御陵、僕の方は彼女に捜査情報を漏らさない程度に、心霊CDの危険性と、自殺者に共通する条件を伝えよう。お前は多摩川に近づかないように言い含めておいてくれ」

そう言い残し音名井は美野の方へと近づく。近くの女性スタッフが写真を撮って、その短い間に会話を交わしているようだった。

その間、御陵が手持ち無沙汰になっていると、横の列から抜けたらしいファンの一群が脇へ通りかかった。他ならぬ、先程、御陵を担ぎ上げたファンの集団だった。

「おやおや」と、男性ファンの一人が御陵を見て足を止める。

「やぁ、さっきは凄かったですねぇ」

気さくに話しかける男性に対し、御陵も小さく微笑んで返した。

「ああ、俺の方こそ面倒をかけたき」

御陵からの返答を得られると、周囲のファンも一様に笑みを返す。額に汗しながらも、その爽やかさに曇りはない。

「タカちゃんさんの知り合いの人ですよね」

御陵が音名井の方を見やると、素知らぬ顔をして美野と談笑する姿が目に入った。刑事の時よりも幾分か活き活きとしている様子に、御陵も苦笑せざるを得ない。

「いやいや、僕らも勝手にやってすいませんでした。ゆきにゃ単推しの人って少ないんで、ちょっとでも応援してくれる人がいると、つい前に立って欲しくなっちゃって」

「いや、俺は——まぁ、そうか、美野は気に入っちゅうよ。一所懸命な良い子じゃ」

御陵の言葉にファン達も何度も頷いてみせる。彼らも別に美野を嫌っているわけではないらしい。ただ他に好きなメンバーがいるために、表立って応援しないだけで、美野を応援する人間が現れたこと自体は心から歓迎しているようだった。

ふと、そんな彼らと接する中で、御陵が確かめておこうと思ったものがあった。

「アンタら、少し変なことを聞くが、アイドルを応援しとる時に、死んでもええとか思ったことはないがか？」

御陵がそう尋ねると、男達は少しの間だけ黙ってから、互いに顔を見合わせて深く頷いた。

「そりゃ思いますよ。推してるアイドルのワンマンとか、一番盛り上がってる時に、このまま死んだら幸せなまま逝けるかな、とか」

茶髪に眼鏡の若い男性が感慨深げに言う。それを呼び水に周囲のファンも楽しげに「いかに自分が死ぬか」を語り始めた。

「でもアンタらにも普段の生活はあるじゃろう。死ぬとしたら、そういうモンは考えないやか？」

「考えないですねぇ。そもそも僕ら、アイドルの応援に来てる時点で、完全に普段の生活とか頭にないんで、多分、アイドルのことしか見てないんですよ」

ファンの男性は最後に、はにかんでそう言った。

立ち去る彼らを見送っていると、帰ってきた音名井から声がかかる。

「御陵、お前が彼らに聞いていたのは、例のテレシアンの話か」

「ほうじゃな。曳月は言っちょったが、実際にどういう気分なんかは解らんかった。じゃが、今ので少しは解ったちや。自殺をした人間は、それこそライブ中の気分と変わらんがよ」

「幸せな気分のまま死んだのなら《怨素》が生まれるわけもない、ということか。霊子科学もまだまだ解らないことだらけだ」

そう言ってから、音名井は御陵の背を押す。

「さて、順番だ。お前も美野に伝えておけ。情報は後で共有しよう」

御陵が前を確かめると、彼の到着を待ち望んでいるように、笑顔で佇む美野の姿が目に入った。

「僕は目当てのアイドルがいるから、ここで一旦《いったん》別れよう。合流場所は後で知らせるから、そこでな」

音名井は軽く手を上げて立ち去り、後に残された御陵は勝手も解らぬままに前へと出て美野の横に並び立つ。彼女の大きな白いリボンが特に目を引いた。

「ああ、その――」

「御陵さん、来てくれたんですね！」

何を話せば良いのか、いくらかまごついていると、美野は慣れた手つきで御陵の手を取り、可愛らしくピースサインを作る。御陵が呆気《あっけ》にとられていると、スタッフによってシャッターが切られ、出てきた小さなチェキが美野に手渡された。

「ありがとうございます。私の応援もしてくれて」

「ああ、まぁよ」

美野が写真にサインを書いている間、僅か一分程度の会話になるが、その間にどれだけのことが話せるだろうか。仕事として喫茶店で話していた時は、何よりも長く感じられたそれが、この場ではあまりに短い。

「嬉しいです。こうして来てくれるだけで、私、本当に嬉しい」

いざ何か言おうと思うと、どうしても横についた美野を意識してしまう。ライブ終わりで疲れているだろうに、何人ものファンを相手に笑顔を絶やさずに接する。ファンの数が少ない美野でさえこれなら、トップアイドルともなれば尋常ではないだろう。

そうしたことばかり考えていると、美野の方から「はい」とチェキが手渡される。そこには情けない顔をした御陵と、満面の笑みを浮かべた美野が仲良く並んで写っていた。

「また来てくださいね。私、御陵さんのために一所懸命歌いますから」

「そりゃ、楽しみじゃ」

御陵の目の前に美野の顔がある。

僅かに汗で濡れた目元に、何よりもの喜びの色。御陵の視線に気づいた美野は小首を傾げ、髪が大きく揺れた。

「どうかしたんですか？」

「いやな、色々と話さんといかんことがあったがやけんど、こがいな形になるとよう話せんねや」

不器用な己を恥じつつ御陵は頭を掻く。

「ああ、面倒ちゃ。とろこいことは好かん。美野、アンタは祟りで自殺するかぁらん。気ぃつけないかん」

御陵の言葉に、美野の顔が曇る。

「それって、今、刑事さんが言ってた――」

「ほうじゃ。自殺者に共通する条件よ。例のCDを聞いて、日々野いまに会《お》うたことがあって、多摩川に近づく」

「私が、その条件に当てはまってたんですね。いまさんにも会ってますし、こないだ多摩川にも行ってて――」

「CDの方はどうじゃ」

御陵が尋ねると、美野は少し考える素振りを見せてから、力強く笑ってみせた。

「多分、そこが他の人と違うんだと思います。私、奏歌さんの歌は当然、ライブで聞いてるんですけど、実はＣＤの方は聞いたことがなくて。噂くらいは知ってるんですけど」

「なら、その部分が条件を満たしとらんがよ。やき、アンタは、例のＣＤを聞かんように気をつけえ。動画とかでもいかんちや、とにかく日々野《ひびの》いまの声を聞かんようにな」

つい脅すように言ってしまったが、その忠告には美野も真剣な表情で頷いた。その素直さに御陵はほっと胸を撫で下ろした。

祟りについての認識は人それぞれだが、予防できるに越したことはない。致死性の病気が流行しつつあると言われて、自分だけは助かるだろう、と楽観視する人間の方が余程危ない。

「さて、ほいじゃ俺は帰るき。最後に――」

御陵が続きを言うより先に、時間が来たのか、スタッフが体を挟んで誘導してくる。それに逆らうでもなく、御陵は素直にその場を立ち去ろうとする。

「御陵さん」

「――良《え》い歌じゃった。また来るぜ」

笑顔を残して立ち去る御陵に対し、美野もまた明るく頷いて返した。その様子に安心し、ライブハウスを後にしようと足を進める。

未だ残る人混みを避けつつ、御陵は暗いライブハウスを抜け、外に続く階段を上っていく。地上に出れば、既に外は夜となっていた。歌舞伎町の騒がしさも、今ではどこか別世界のもののようだった。

御陵はふと、手元に残った写真を確かめる。

そこには可愛らしい猫の絵と美野のサインが描かれている。御陵は誰に見せるでもなく、その写真を懐にしまうと、小さく息を吐いて歩き始めた。

2.

御陵のスマートフォンに表示された地図は、間違いなく目の前の雑居ビルを指し示している。

新宿を後にした御陵の元に、音名井からの連絡が入ったのはいくらか前。合流場所として選ばれたのは、霊捜研にも近い、中野駅のすぐ近くの飲食店だという。

だというのに。

「お帰りなさいませぇ、ご先祖様」

御陵の目の前に、奇妙な格好の女性が立っている。しゃなりと姿勢を正し、清楚《せいそ》な雰囲気で御陵に笑みを送る彼女。栗色《くりいろ》のツインテールと特徴的な灰緑色の瞳。頭には三角の天冠形のカチューシャ――奇天烈《きてれつ》な犬のぬいぐるみ付き――、それに白い経帷子《きょうかたびら》を模《も》した服を左前で着ている。一見すると死に装束。改めて見れば、着物の裾《すそ》がフリルのついたスカート状になっている。

奇妙な幽霊のように、手を前で垂らしつつ、女性はニコニコと御陵に向かって微笑んでいる。

「すまん、店を間違えたようじゃ」

そう言って幽霊姿の女性に断ってから、御陵は改めて音名井から示された場所を見る。

しかし何度確かめても間違いはない。

「一応聞くが、イル・パラディーゾゆうんはここやか」

「そうです！　こちらは死後の世界をモチーフにしたメイド喫茶、イル・パラディーゾです！　私達はご先祖様を出迎える、死霊《しりょう》メイドなのです」

「冥土《めいど》」

「メイド、です」

僅かにすれ違いを感じたが、それよりも何よりも、音名井がここを指定した理由が思いつかない。強《し》いて言えば霊捜研に近いというところだが。

いやしかし、だがしかし、などと、店の入り口で死霊メイドを前にして御陵が唸っていると、

「あれれ、清太郎《せいたろう》ちゃん」

と、聞き覚えのある声が奥から響いた。

「やっほー。さっきは突然出てっちゃうんだから、お姉さんびっくりしたよぉ。で、もうお仕事終わったの？　こっち来るって高潔ちゃんから連絡あったけど」

垂れ下げた手をひらひらと振りながら、目の前のメイドと同じ格好をした曳月がそこにいた。

「曳月――なんでおるがよ」

「なんで、って、ここ私の昔の職場だもん。だよねぇ」

曳月がメイドに向かって脳天気な笑みを送ると、メイドの方も死霊らしからぬ快活な返事でそれを肯定する。

「まま、そういうことだから、ちゃっちゃと中に入っちゃえ。後は私がやるから、ククリちゃんは奥行っってていいよん。この人、霊捜研《うち》の関係者だから」

曳月の指示に、ククリと呼ばれたメイドも「はぁい」と甘い声を出して引っ込む。一方、相変わらず手をひらひらさせる曳月に促され、御陵も店内へと進んでいく。

落ち着いた店内は、単なるカフェやバーのようにも見えるが、全体的に薄暗いために他にどれくらいの客がいるかも判然としない。そこかしこで働いているメイドの白装束だけが、小さな明かりに浮かび上がっている。

「説明せぇ」

隅の席に通された御陵が、人心地ついてからそう言った。

「あれ、聞いてない？　ここはね、死後の世界をモチーフにしたメイド喫茶で――」

「そっちやない、音名井がここを指定した理由じゃ」

ああ、と曳月が一声。

「そうねぇ。高潔ちゃんが誘った、ってことは、清太郎ちゃんも晴れて霊捜研の一員として認められた、ってことかな」

曳月は器用に片手でメニューを開きながら、案内をするふりをしつつ、御陵に説明を加えていく。

「ここね、霊捜研の面子で秘密の会議をする時によく使うのよ。あんまり警察には言いたくないこととかあるし、ね」

御陵が腕を組みながら唸った。

「あとは単純に霊捜研から近いし、薄暗くて他のお客さんの顔も見えないし。何より、普通の喫茶店とかで、死ぬとか霊とか話してると物騒でしょ。その点、このお店はそういうコンセプトだから、いくらでも誤魔化せるってわけ」

「ほう。それにアンタも店で幅を利かせとるき、いくらでも手心を加えられゆうことやか」

「そゆこと」と気軽な調子で曳月が同意する。

「ちなみに初めて来た人には、この初七日コースっていう、料理がついて、メイドさんとチェキも撮れるのがあるんだけど……」

「いらんいらん、何か日本酒でもあればくれや」

ちぇ、と愛らしい舌打ちが一つ。続けて決まり文句なのか、テーブルを離れる時に「うらめしやぁ」と一声発してから、曳月は御陵の元を去っていく。

残された御陵の方も、メニューをぱらぱらとめくりながら、いくらか思案した。

アイドルにメイド喫茶。東京に来てから、これまでの自分が触れてこなかったものを随分と知れた。これも人が暮らす中で生まれた文化。この雑多な街にある、様々な人の生き方。

なかなかに疲れるが、そう悪くもない。

「すまんな御陵、本庁の方に寄っていたら時間がかかった」

既に夜も更け、時計の針が九時を指そうというところで、ようやく音名井がイル・パラディーゾへと至った。既に着替えも済ませたらしく、相変わらずのスーツ姿となっている。

「待った！　ああ、随分と待った」

対する御陵のテーブルの上には、日本酒の徳利《とっくり》が並び、酒のあてにと頼んだ、お盆セットなるナスとキュウリの漬物が散乱している状況だった。

「御陵、お前酔ってるのか？」

「酔っとらん」

「酔ってまぁす！」

音名井が振り返れば、カウンターで顔を赤くする曳月の姿があった。そうして再び御陵の方を向き、深い溜め息を吐いた。

「二人でいくら飲んだ」

「覚えとらん。アイツが飲みたいゆうたき奢《おご》った。なんちゃやない。日本男児は細かいことは気にはせんねや」

音名井の顔が酷く歪むのが見えた。

「確かにここを指定したのは僕だが、元はといえばあの人が、ここを霊捜研の人間の溜まり場にして、店の売り上げを上げようとしたのが始まりだぞ。まんまと乗せられたな」

御陵の揺れる脳の奥で、冷静に今の勘定を想像する部分が働いた。それと共に冷や汗が額に吹き出す。

「ひ、曳月ぃ」

「にゃははぁ」

そう奇怪な笑いを残して、いよいよ曳月もカウンターで突っ伏してしまった。どうにもならないと悟った音名井が水を貰い、御陵の前に差し出した。

「まぁいい。今日のところは僕が支払う」

コップの水を飲み干した御陵が、その言葉を聞いて一気に目を輝かせた。

「ほんまか！　ほんだら、もっと飲んでええんか！」

「今、僕が拳銃を携帯してなくて良かったな」

それから数分、益体もないやり取りを経て、ようやく御陵の目が冴えてきた。割れるような頭の痛みに耐えつつ、なんとか音名井の方を向く。

「でぇ――本庁の方に何を取りに行ったがよ」

頭を抱える御陵の前に、音名井の方から数枚の資料が差し出された。一枚目に記されている名前は、前日に会社で死体となって発見された神谷《かみや》城介《じょうすけ》。

「神谷の検視報告書だ」

それを聞いて、御陵が目を細めた。

「結論から言おう。神谷はただの窒息死じゃない」

「そりゃ、どういう意味じゃ」

手元の資料をめくりながら、御陵が冷静に内容を検分していく。

「二酸化炭素中毒だ」

音名井が言い遂げるのと同じくして、御陵も資料の中からその文字を見つけた。曰《いわ》く、神谷城介の血液から高い濃度の二酸化炭素が検出されたという。

「空気中の二酸化炭素の量が増えると、酸欠状態になり、さらにその空気を吸うと意識不明となって、やがて呼吸不全に陥《おちい》って死に至る。単なる窒息死と変わらないから、司法解剖に回してようやく判明したことだ」

音名井の説明を聞いていた御陵が、ふと資料をめくる手を止めた。

「こりゃ、あのネズミか」

資料にはネズミの死骸の写真が貼り付けられている。その横に、神谷の部屋で見つけたネズミに関する所見が、事細かに述べられていた。

「そのネズミが決め手だ。ネズミの血液も神谷と同様に二酸化炭素濃度が高くなっていた。二酸化炭素は下に溜まる性質があるから、小さなネズミなら間違いなく窒息死しただろう。とはいえ、お前が見つけなければ、神谷氏も単なる窒息死として処理されていたかもな」

ふむ、と御陵が資料を睨みながら唸る。

「二酸化炭素中毒ゆうんは、滅多に起こらんもんやか」

「当然だ。息苦しさは誰しも感じる。二酸化炭素が充満している場所から立ち去るなり、換気をするなりすれば、死に至るようなことはない。今回は部屋が密閉された地下室だったのと、神谷氏が床に近い位置で寝ていたことで起きた事件だ」

ふと資料をめくる御陵の手が再び止まった。

「ここにあるのは何じゃ、原因ちゅうんは」

「二酸化炭素中毒事故の主な原因は消火設備の誤作動で、室内の換気が間に合わず、室内の人間が意識を失う例だ。ただそれとは別に、身近な例でもう一件、事故の原因となるものがある」

御陵が手を止めたページに、白い大きな塊《かたまり》の写真が掲載されている。それは見覚えのある物体。理科全般に疎い御陵であれ、それが二酸化炭素の固体であることは一目で気づく。

「つまり、ドライアイスだ」

音名井が眼鏡を直しつつ、重苦しい響きで呟いた。

「大量のドライアイス、あの地下の部屋なら、二十キロもあれば窒息する程度の二酸化炭素が発生するだろう」

「そがいなモンが、あの部屋にあったゆうがかよ」

「最近はステージの演出でも専用のスモークを使っているが、演出の仕方によってはドライアイスを使う場合もある。アイドルの事務所なら、演出用に大量のドライアイスを買うこともあるだろう」

御陵は想像を働かせる。夜の内に溶け出したドライアイスによって、部屋に充満した二酸化炭素。神谷はそこで、寝たままに窒息し、ついに目覚めることはなかったというのか。

「つまり事務所が購入したドライアイスが、慣れない業者によって地下の倉庫に運び込まれた。連絡の不備によって、それを知らずにいた神谷氏は、そのままあの部屋で睡眠薬を服用して就寝した。そして、それによって運悪く亡くなった」

「ほんなら何か、今回の神谷が死によったがは、祟りじゃのうて、単なる事故ゆうんか」

「冷静に考えればな。部屋は密室状態だった。祟りでないとしたら、事故を想定する」

それを聞いて、御陵は空になった徳利を弄ってから、何かを思案するように腕を組んで上を向いた。

「待ちぃや。ドライアイスで死ぬがやったら、事故でなくてもえぇ」

御陵はウンウンと唸り、神谷の死んだ部屋の様子を思い出す。怨霊ならば、あの状況にあっても簡単に祟り殺せる。だが生きた人間であっても無理ではない。頭の冷静な部分がそう告げている。

「神谷は疲れちょった。晩酌《ばんしゃく》をして、睡眠薬を飲んで、それこそ死んだように眠る。周りのことなんぞ気にも留めん」

「何が言いたい」

御陵からの言葉に、音名井が眉を上げて応じる。その目には、いくらかの驚きの色が見て取れた。

「部屋の天井近くに小さな窓があっつろう。あれが鍵よ。あれはちょうど、ビルの一階部分の裏手になる。誰ぞでも、発泡《はっぽう》スチロールの箱にドライアイスを詰めて、窓に密着する形で箱を置く。ついでに箱の横に空気穴でも開けて、空気の通り道を作るがよ。するとドライアイスが溶ければ溶けるほど、地下の部屋に二酸化炭素が満ちゆう」

「そうすれば、後になって箱を回収し、窓を外から閉めればいい、か。いや、待て。ドライアイスは昇華する時に白い煙を伴う。いくら神谷氏が周囲に気を払わない状態でも、部屋に白い煙が入ってくれば気づくだろう」

「そこで時限装置を作るのよ」

「時限装置？」

「あの窓の縁は濡れちょった。あれは氷でも使って、外から蓋《ふた》をしとったがよ。昇華したドライアイスが漏れんように、板状の氷を箱と窓の間に置く。氷は時間をかけて、外気に触れたところから溶け始めゆう。そして時が至れば、蓋の役目をなさんようになり、神谷がすっかり寝入った頃になって、ドライアイスが部屋に満ちていくちゅう仕掛けじゃ」

御陵が語るほどに、音名井の顔が真剣なものに変わっていく。やがて一通り聞き終えたところで、深く納得したように大きく唸った。

「なるほど、お前の推理は検証に値する。素直に賞賛しよう。しかし、そんな方法を使ったのなら、準備さえできれば、どこの誰であれ神谷を殺すことができるな……」

「そうじゃな、そして、そんな面倒な真似をする幽霊はおらん。これは誰かの手による——殺人事件じゃ」

音名井は一度唸り、自身の前に置かれたコーヒーに口をつけ、頭の中を整理しているようだった。

「しかし、殺人事件だとして、神谷の死体から《怨素》が発見されなかったのはどう説明する?」

「なんちゃやない、祟り事案《インシデント》以外に《怨素》が出ん時がある。つまり睡眠時に事故なんかで、脳が働いとらん時に、危害を加えてくる対象がいない状態で死ぬと《怨素》が出ない。そうじゃったな、曳月」

御陵がカウンターの方へ同意を求めると、すっかりできあがった曳月が言葉もなく、手を振って答えてみせた。

二人のやり取りを反芻《はんすう》し終えたのか、音名井が顔を上げ、御陵に鋭い視線を送る。

「話は解った。神谷の死は事故でもなく、祟りでもない可能性がある。これは死体から《怨素》を出さずに、祟りに見せかけて人を殺すためのトリックだ」

だが、と音名井がここで大きく肩を落とした。

「単なる殺人事件ならば、捜査一課の出番になる」

そう言って音名井はどこかシニカルに、力なく息を吐いた。

「こうなっては〝踊り場〟の出番はない。祟り事案でないのなら、あとは殺人事件として一課に任せる他ない」

「いや、そりゃ道理やない」

唐突に挟まれた御陵の声に、思わず音名井が顔を上げた。

「よう考えてみぃ。あのネズミを見つけよらんがやったら、司法解剖もせんで、神谷はただの不審死扱いじゃ。表立っては言わんがやろうが、祟りのせいにされとったろう」

「それは、そうだな。心霊CDの件と合わせて、祟り事案の一つとして処理されていただろうな」

「それが道理やない」

御陵の口角が上がり、不敵な笑みを作る。

「祟り殺してもおらん相手を勝手に自分の仕業にされる。そりゃ、幽霊への冤罪よ」

御陵の言葉に、音名井の目がにわかに開かれる。コーヒーの味に感心するように、音名井が僅かに微笑む。

「そんなこと、考えたこともなかった」

「それがダメちや。捜査零課がやったら、幽霊の祟りも暴《あば》いて、冤罪も晴らす。それが刑事ちゅうもんやろう」

「何が言いたいんだ」

御陵が大きく口を開けて笑い、音名井の方へと手を差し出した。

「やき〝踊り場〟ゆうて馬鹿にされよった零課の面子、俺と組んで守ろうゆう話じゃ」

音名井は面食らった後、少し考える素振りを見せてから、素直に握手を返してきた。

「捜査継続、という点で同意しよう」

二人の手が結ばれる。

未だに気に食わないところは多い。相棒と呼ぶには心許《こころもと》ない関係。だが、ここに来て初めて対等な関係になれたように御陵には思えた。

「ところで音名井、今言うことか解らんが教えちゃろう。俺の趣味は料理でな、特に世界の料理を自分で作るのがまっこと好きちや」

「なんだ、見た目に合わない殊勝《しゅしょう》な趣味だな」

「お互い様よ」

御陵の快活な笑みに対し、音名井は鼻で笑うだけで、それ以上の言葉を返そうとはしない。それが信頼の証拠かどうか、御陵には判断がつかないが、それならそれで良い。これでいつも通り、気兼ねなく話せる。

「さて、霊を騙《かた》って殺人を犯した人間がおる。まずはそいつを探すんが刑事の役目よ」

「だとしたら、現状で一番怪しいのは奏歌《かなう》だ。なんといっても、自殺者が出るかもしれない、自身のCDを神谷に利用されていたことになる。他に確執もあるかもしれないし、動機はあるだろう」

「ほんだら、奏歌本人への聞き込みも必要じゃな」

「ちょうど明日の夜に奏歌のライブがあるはずだ。僕はそれを目処《めど》に会えるように手配しよう」

一度方針が決まれば手は早い。あれやこれやと二人で意見を出し合って、今後の行動を確認する。

「あのぉ」

と、ここで暗がりから——それこそ幽霊のように——ツインテールが揺れ、ククリと呼ばれていたメイドが姿を現す。その肩に曳月を担いで。

「大事なお話をしているところぉ、非常に申し訳ないのですけど、そろそろラストオーダーの時間なのと」

「ククリちゅわん、好き好き〜」

したたかに酔った様子の曳月が、自分よりも小柄な少女に体をもたれさせながら、熱烈なキスの洗礼を浴びせかけている。

「曳月さんを引き取って頂けないかなぁ、って……」

御陵と音名井、双方から溜め息が漏れる。二人の最初の仕事は、このはた迷惑な女性を引き剝がして、霊捜研へと送り届けることとなった。

3．

翌日になり、御陵が霊捜研で前日の資料を読み込んでいると、所長の烏越《うえつ》がにこやかな様子で近づいてきた。

「御陵君にお客さん」

それだけ言うと、烏越は早々に立ち去る。音名井が来たのならば、そんな言い方はしないだろう。またぞろ地域住民の苦情でも聞かされるのかと思い、億劫そうに机を離れ、待ち人のいるという食堂の方へと顔を覗かせる。

するとそこに、意外な人物が待っていた。

「来ちゃいました、御陵さん」

髪を下ろし、落ち着いた雰囲気の美野雪が、どこか嬉しそうに頭を下げた。

思わぬ来訪者に頭を掻く御陵の背後で、様子を見に来た霊捜研の面々が忍び笑いを漏らしていた。

「本当だったら、アイドルが特定の人に会いに行くのっていけないことですよね」

霊捜研の向かいに広がる四季の森公園を、二人して歩いている。高いビルに囲まれた一角だが、それでも五月の陽気に晒されて、近隣の人々が散歩し、あるいは噴水に子供達がはしゃぎ、母親達はベンチに腰掛けて休んでいる。至って長閑《のどか》な風景。

「まぁ、ほうじゃのう」

「私、そういうところがダメ、っていうか、プロ意識に欠けてるんだと思うんですけど、でも、昨日御陵さんが言ってたことが気になってて」

「俺も話せる時間が短いからよう伝えられんかったき、不安を煽るようなこと言うて悪いことをしたちや。ちくと座るか」

御陵が手近なベンチを指し、二人してそこに腰掛ける。

どう会話を展開していけば良いのか、御陵自身も悩んでいたが、以前のような緊張感はない。この辺りは昨日のライブで、我を忘れて声を張り上げたのが効いたのか、そこは大分助かっている。

ふと美野が散歩する犬に向けて手を振り、それに飼い主が笑いかける。そんな他愛ない場面を契機に、美野が小さく息を吐き、思いつめた表情で御陵の方を見据えた。

「御陵さん、私、あの後考えたんです」

そう言うと、美野は自身のスマートフォンを取り出し、器用な手つきで操作を加える。

「自殺してしまう人に共通する条件は三つありましたよね。日々野いまに会った人の中で、CDを聞いて、多摩川に行く人……」

「ん、うむ。そうじゃ」

「CDを聞くのと、多摩川に行くというのは、止めたり確かめたりするのは難しいかもしれません。でも、日々野いまさんに会ったかどうか、これだけは私、解ると思うんです」

美野がどこか誇らしげに、ウサギのステッカーのついたスマートフォンを掲げてみせ、そこにあるものを御陵に見せる。

「なんじゃこりゃあ、ウィスパーの——コミュちゅうやつか」

「そうです。私のコミュから子コミュを作ったんです。『日々野いまに会ったことのある人』っていうグループ名で、その名前の通り、昔の〈アバターズ〉時代から知ってるファンの人を募集してるんです」

美野がスマートフォン上で、そう題されたコミュニティの参加者の画面をスライドさせていく。必ずしも全員がそうというわけではないだろうが、結構な人数のファン達が、思い思いに日々野いまに対する思い出などを語っていた。

「私自身、昔の日々野いまさんを知ってますから、知り合いやファンの人にも、そういう繋がりはあるんです」

「ほうか、このコミュに参加した人間を調べれば、自殺せんように、事前に対策ができるちゅうことか。ははあ、そりゃええ。よう考えたモンじゃ！」

御陵が心から賞賛を送ると、美野は口元をもごもごとさせ、照れくさそうにして俯いてしまった。

「あ、あと、これって表面上は私の子コミュなので、皆、日々野いまさんについては悪く言わないと思うんです。こういう方法で人を集めても、昔みたいに悪く言われるのは嫌だったので……」

そう言ってから美野は、自身のスマートフォンをしまう一方で、今度は可愛らしいショルダーポーチから一枚の写真を取り出した。

「そういえば御陵さん、これ見てみてください」

御陵に写真が手渡される。それは御陵にとっても既に見慣れたもの、一枚の小さなチェキだった。

そこには二人の少女が笑顔で写っている。上には二年前の日付とサインが書かれ、余白の部分に癖のある字で「ゆきちゃんへ　かな&いま」と記されている。

「こりゃあ、天野かなと日々野いま、か」

御陵の呟きに、美野がどこか寂しげに頷く。

「こないだからずっと探してたんです。二年前の〈アバターズ〉のチェキですよ」

「アンタが〈アバターズ〉のファンじゃった時がモンか。しかし、こういうんは、アンタも一緒に写っとるんと違うか」

御陵は前日に美野と一緒にチェキを撮った時のことを思い出す。自分達以外にも、周囲でアイドルと並んで写真を撮っていた姿が見受けられていた。

「普通はそうなんですけど、これはチェキを頼んだら後日に渡されるタイプでした。〈アバターズ〉はファンとの接触を避けてたんです。多分、日々野いまさんの——」

美野がそこで言いよどみ、御陵は「ああ」と声をあげる。

手元の写真を見ても解る。

今の奏歌——つまり天野かなと並ぶ日々野いまは、明らかに見劣りしていた。彼女も愛嬌のある笑顔をしていたが、隣で微笑むだけの天野かなと比べてさえ、アイドルとしての資質の違いが痛いほどに伝わる。

「なるほどな。セットで撮らにゃ、皆が皆、天野かなの方とだけ写真を撮るゆう話か」

「そういうの、結構辛いんですよね」

優しい調子で同意する美野だったが、彼女自身、所属するグループ内での人気は低い方だ。そこにあるアイドル同士の確執など、御陵には想像すらできないが、目の前で自分を避けていくファンを見て、平静でいられるほど、彼女達は大人ではない。

「比べられるのって、やっぱり辛いんです。ファンでいてくれることは本当に嬉しいし、同じグループの他の仲間を好きでいてくれることも嬉しいです。でも、そういった人達が、どうして自分のところに来てくれないんだろう、って、言い様のない不安みたいなのもあります」

午後の陽が、美野の頬を照らしていた。その感情が陰になる。一人の少女ではなく、多くの人の前に立つ、アイドルとしての肖像。

日々野いま、あるいは彼女もそうだったのだろうか。

「多分、いまさんは、もしかしたら、私なんかよりももっと辛かったかもしれません」

美野は御陵の手元にある写真へ、小さく視線を送った。

「前に、日々野いまさんが自殺した理由を話したと思いますけど」

「ああよ、確か事務所の人間に辛く当たられたとか、ファンに酷い言われ方しよったとか、そがいなモンじゃ」

「それは確かにあると思います。でも、本当に辛かったのは、いつも隣にいる天野かなさんと比べられることだったんじゃないかな、って」

御陵が美野の横顔を見据える。どこか寂しげな、日々野いまという女性への憐《あわ》れみを込めた表情。

「日々野いまと天野かなの二人は、幼馴染みで親友だったそうです。それで、元々は日々野いまさんがアイドルになりたくて、友人のかなさんに声をかけて、二人一緒にデビューしたんです。だけど――」

御陵は辛そうに俯く美野を黙って見つめる。

「事務所にとって必要だったのは天野かなだけで、日々野いまは、天野かなを引き止めるためだけの存在だった、って。それはファンの人達も同じ気持ちだったのかもしれません。いつしか、こんなふうに言われることが増えてきました」

この時、美野は強く自身の唇を噛んだ。

「日々野いまさえいなければ、〈アバターズ〉はもっと良いところに行ける」

それは美野自身の感情の発露だった。

片方は祝福され、片方は呪詛を吐かれる。親友と比べられ続ける苦悩。美野もまた、アイドル活動を続けていく中で、何度となくそうした思いに駆られたのだろうか。

「そんな声はやがて、日々野いまさんの耳にも届いたそうです。自身が足を引っ張っている。その気持ちは、何よりも自分で理解していたんだと思います」

そこまで言って、美野は自身の目元に浮かんだ涙に指を添えた。

こういう時に差し出すハンカチでも持っていれば良かったが。御陵の僅かな後悔。あいにくとコートの内にあるのは、汚れた手拭いと呪詛の道具ばかり。

「アンタは優しい子じゃな」

代わりにはならないだろうが、せめてもの慰めの言葉を送る。それには美野も表情を柔らかくし、微かに笑ってみせた。

「アイドルちゅうんは、難儀なモンよ」

アイドルが輝く星だとしたら、その陰には暗い星もある。

〈奏歌〉こそ輝く二連星だった。しかし、誰よりも明るく輝く天野かなの陰には日々野いまという伴星が付き添う。回り続けた二つの星達。しかし、その先にあるものもまた星と同じ。片方の星が消えるという避けられない未来。

その果てで、日々野いまは自殺したのだろうか。

彼女を冷たい川へと踏み出させたのは、自分の夢そのものだった。事務所が、ファンが、そして何より、尊敬すべき親友が、彼女を追い込んでいった。

「日々野いまさんは、やっぱり皆を、自分を悪く言うファンの人や、天野かなさんを、怨んでいたんでしょうか」

ぼそりと呟いた美野の言葉に、御陵が眉を寄せる。

「私がもし、いまさんと同じ立場だったら、きっと、誰も怨まないなんてできないかもしれません。ただ悲しくて、怒る相手も見つけられなくて」

ふむ、と一つ唸ってから、御陵が青い空を見上げる。

「ちくと思い違いをしとるな」

「そうなん、ですか？」

「生きとる人間と幽霊の行動原理は違うねや。確かに怨みや未練の感情が霊の形を作るが、悪霊や怨霊ちゅうモンは、生前の故人と全く同じやない。幽霊の姿だけを見て、生きとる間のことまで全部決めつけられん」

御陵の言葉に、美野の表情が僅かに明るくなった。

「そうですよね――私、日々野いまさんが好きでした。確かに、世間の人達が求めてるような可愛さはなかったかもしれないけど、それでも、アイドルが大好きで、大好きで仕方のないような人だったと思います」

美野が過去を思い出すように言葉を紡《つむ》ぐ。そこには日々野いまという女性への同情と、何よりの親愛の情があった。

それから美野は、半ば一方的に御陵に色々なことを話しかけてくる。日々野いまと天野かなの思い出、美野自身の夢、近頃のアイドル事情。御陵にはついていくので精一杯の話題もあったが、それでも楽しく話せたように思う。

「今日は、御陵さんに会えて良かったです」

いくらかして、公園を歩く人々の層が変わる頃になると、美野がそう言ってベンチから立ち上がった。

「ごめんなさい、御陵さん、お仕事の最中でしたよね。私、今になって気づいて」

「いや、かまん。俺も良い息抜きになったちや。それに日々野いまに接触した人間ゆう情報も助かる。霊捜研の人間で共有しとくぜ」

「良かった。それじゃあ私、そろそろ行きますね。もっと話したいところですけど、この後、予定があって。それに御陵さんの邪魔をしてもいけないし」

五月の柔らかな風の中で、美野が微笑んだ。アイドルとしてではなく、一人の少女の顔で――

「次はまたアンタのライブを見にいくちゃや。一人のファンとして話させて貰うぜ」

「約束ですよ。待ってますからね」

何よりの笑顔を残して。

美野雪が絞殺されたのは、その日の夜のことだった。

第五章――心霊科学捜査

1.

美野雪《みのゆき》の遺体は巣鴨《すがも》警察署の霊安室に運び込まれた。

深夜零時。御陵《みささぎ》が自宅で資料を読み込んでいたところに、音名井《おとない》から電話が来た。そして、事実を飲み込むよりも先に自転車で都内を駆けた。タクシーを呼ぶ時間すら惜しかった。自転車を警察署の裏で乗り捨てた時、ようやく事実と向き合う覚悟のようなものができた。

銀色の寝台の上で、納体袋に包まれた彼女が横たわっている。

倉庫のような一室を照らすのは明るすぎる電灯だけで、蠟燭《ろうそく》も線香も、何もない。ただ部屋に死という存在が満ちている。

音名井が何も言わず、納体袋の顔の部分を開いてみせた。

そこには今日の昼まで、御陵と楽しげに話していた美野の顔があった。苦悶《くもん》の表情はない。若い女性だ、醜《みにく》い死に顔を人目に晒すのには憚《はばか》りがあるのだろう。司法検視を終え、最低限だけでも整えてくれたようであった。

「遺族の人も、今、東京に向かっているそうだ」

「そうかい」

無感動に告げる音名井の横について、御陵も彼女の顔を確かめる。色濃く出た死斑《しはん》、首に強く残る紐《ひも》状のものによる青黒い痣《あざ》。

「美野雪の死亡状況を確認しておきたいが――落ち着くまで、まだ時間はいるか」

「いや、ええ。すっと話してくれ」

こんな時ばかり、音名井は御陵に気を遣《つか》う。そんなことはしてくれなくて良い。親しい人間の死など、今更恐れてもいない。ただあるのは、僅か数時間前まで微笑んでいた少女が、今はこうして物のように横たえられている、その無常さ。

一方で音名井も、職務として親しい人間の死に慣れている、慣れさせてしまっている。

一息だけ吐いて、淡々と言葉を告げていく。

「美野雪の遺体が発見されたのは、大塚のライブハウスだ。公演予定のない日で、地下のステージは無人だった。午後十時になり、店舗職員が見回りに入った時、客席側の床で倒れている美野を発見した」

音名井が美野の首元を指差す。

「その段階で鑑識が入り、おおよその検視結果は出ている。見て解ると思うが、首に紐状のもので絞められた索条痕がある」

「吉川線《よしかわせん》じゃ」

御陵が美野の首に、縦に走る小さな赤い痕を見つけた。

「そうだ。抵抗時に美野自身が首につけた傷だ。爪《つめ》に皮膚片がついていたことからも間違いない。つまり——背後から紐か何かで絞め殺された。殺人事件だ」

「容疑者は」

「美野が無人のライブハウスに行った理由にも繋がってくるが、どうやら彼女は、そこで彼女と会う予定だったらしい」

「彼女？」

御陵の疑問に答えるように、音名井は別のテーブルに置かれていた証拠品の中から一つのスマートフォンを取り上げた。可愛らしいウサギのステッカーがついている。ほんの十数時間前にも見た、他ならぬ美野のものだった。

「ここに美野のウィスパーのログが残されていた。そこで彼女は、大塚のライブハウスで人と会う約束を取り付けていたようだ」

御陵がビニール袋に包まれた美野のスマートフォンを受け取る。許可を貰い、既に音名井によってウィスパー上の美野のコミュニティページが表示されている。そこには彼女が連絡を取っていた相手のアカウントの名前が残っていた。

「美野と連絡を取っていたのは、奏歌《かなう》だ」

その名前を聞いて、思わず御陵が鼻で笑った。

「ちくと待てや。確かに美野は霊捜研で別れるが時に、用事があるゆうとった。けんどよ相手が奏歌なはずがないがよ」

「そうだ。美野が殺された時刻、奏歌は渋谷でライブを行っている。それは多くの人間が見ているし、僕も事情聴取をする予定で現場にいた」

「疑いようもない、不在証明《アリバイ》じゃ」

「一応、大塚と渋谷で行き来ができないか調べたが、時間的な余裕はなかった。何より今日に限って、奏歌のライブにテレビ局のカメラが入っていた。絶対的な証拠だ」

しかし、と声を低くして、音名井は思案するように自身の眼鏡に手をかけた。

「美野は奏歌からの呼び出しを受けてライブハウスに行った。これは事実だ。ログを調べていく中で解ったが、美野は奏歌から日々野《ひびの》いまについて話したいことがあると言われ、会うことにしたようだ」

御陵が再びスマートフォンに目を落とす。ログを辿ると、そこに美野と奏歌の会話の形跡が見られた。

——いまちゃんについて、私も美野さんとお話ししたいです。

なんのことはない。美野が作った日々野いまに関するコミュニティを奏歌本人が知り、自分ならば一番多く話せるだろうと提案してきたものだった。

「ウィスパー上の奏歌と美野の会話は親しげだ。そして、その会話の中で、日々野いまについて奏歌本人しか知り得ないような話が散見されている」

御陵は無言のままにログを辿る。確かに会話の端々に、奏歌による日々野いまの昔語りが挟まれている。

「恐らく、連絡を取ったのは奏歌本人だろう。しかし、美野は彼女と会うより先に殺害された。この意味が解るか?」

「日々野いまについての情報を知られたくない誰かが、先回りして美野を殺しよった」

音名井が頷く。鋭い視線を隠すように、眼鏡を少しだけ直した。

「それが殺害動機なら、今回の件も日々野いま絡みだ」

霊安室に重苦しい空気が満ちる。

今度の事件は祟りではない。明確な犯人のいる、殺人事件だ。

しかし、その中心にあるのは日々野いまという怨霊の影。生きた人間が相手ならば、いくらか気は休まっただろうか。道徳心と復讐心《ふくしゅうしん》を錘《おもり》に据えて、ただ殺人犯を追えば良い。だが、その向こうにいるのは、それらが通用しない相手——死者の霊だ。ままならぬ思いを抱え、御陵が下駄で床を踏み鳴らした。

美野雪の死体を挟んで、二人の間で様々な感情が渦巻き、それらが霊子《りょうし》によって運ばれている。人が生きていることの証拠。その霊子の色を見ることができたのは、ここでは御陵だけだった。

「で、犯人を探すがかよ」

ようやく御陵が口を開いた。それを引き金に、それまで耐えようとしていた音名井も、苦しげに言葉を吐く。

「殺人事件は捜査一課の仕事だ。既に彼らも動いている」

「なんなが、ほいで指を咥《くわ》えて見とるちゅうわけか。音名井警部補殿は」

御陵の煽るような言葉にも、音名井は取り合わず、長く深く息を吐いてから、霊安室を後にしようとする。

「僕はもう一度、大塚のライブハウスに行く」

「おい、音名井」

「僕らが追うのは祟りだけじゃない。その絵の外側にある、生きた人間の殺意も含めてだ」

それだけ言い残して、音名井は扉を開け、暗い夜へと消えていった。

一人残された御陵は伸ばしかけた手を下ろし、強く拳を握った。

「気持ちは同じじゃか」

一人になった霊安室で、御陵が呟く。

2.

御陵清太郎《せいたろう》にとって、人の死とは単なる状態でしかなかった。それは自分を育てた祖母の教えでもあったし、事実、身についた感覚としても持ち合わせていた。

自らの誕生と引き換えに母は死に、父親も幼い頃に死別した。死というものを認識する頃には、いずれ来る死を受け入れていた祖母に育てられ、いつの間にか御陵自身も、人の死は自明のものとして刷り込まれていた。そうでなくとも、故郷の村に死を惜しまれるような若い人間はいなかった。いずれも生と死が重ねあわせで存在しているような――つまり死を受け入れているような――老人達しかいなかった。

長じて、祖母の跡を継いで拝み屋として全国を回るようになっても、その考えが変わることはなかった。人は死ぬ。死ねば霊子が漏れ出し、幽霊となり、あるいは成仏してこの世から霧散する。それは氷が溶け、水になり、やがて水蒸気になるのと同じこと。その程度のものだった。状態は変わるが、本質が変わるわけではないと、御陵は強く信じていた。

それゆえに、御陵は人の死について悲しむことはない。

死を知らないわけではない。人が死を惜しみ、悲しむ感情そのものは理解できる。親しい人間の死に触れるのも、これが初めてではない。

だから、今、目の前に置かれた美野雪の死体を見ても、御陵は悲しいとは思わなかった。

「綺麗なモンよ」

霊安室で一人、御陵が呟いた。

硬く冷たい寝台の上で、美野雪が横たわっている。顔には死斑が浮かび、首筋に残った痕も痛々しい。ステージで輝いていた白い肌も、今では生気を失っている。だがそれでも、一見すれば眠っているようにも見える。監察医か警官かは知らないが、若い彼女の死を悼んだ誰かがいたのだろう。その顔は死化粧《エンジェルメイク》によって整えられている。

死はただの状態だ。

たとえ、この女性が二度と目を開けずとも、二度と柔らかく笑うことがなくとも、二度と歌声を響かせずとも。そこに悲しみを見出《みいだ》すのは、生の状態のみを重視する価値観によってでしかない。彼女自身は何も変わっていない。彼女の霊子はどこかを漂っている。その霊子はたとえ他人に見えずとも、誰かのために笑い、誰かのために歌うはずだ。

だから御陵は――

「アンタ、幸せだったかよ」

美野の死体に向けられた声。答えはない。それでも御陵は言葉を重ねていく。両親のこと、故郷のこと、友人のこと。東京での生活の苦労、夢を追いかけた日々、そして小さな輝きの中で生きていた彼女自身の思い。生きている内には聞けなかった答えを求めるように、何度も返ってくることのない問いを繰り返す。

「そうか、そりゃ良かったき」

一通りのことを聞き終えてから、御陵はおもむろに座り込む。美野の顔が見えなくなった時、大きく拳で床を打った。

——だから御陵は、この死に悲しみを抱かない。

ただあるのは、怒り。

日々野いまという女性がもたらした祟りによって、多くの人間が自ら命を絶った。それだけではない。神谷も、そして美野も、恐らくはそれに関わる死だ。

人間に死は等しく訪れる。生きた人間が人間を殺すことは許せない。しかし、死んだ人間が生きた人間の命に干渉することは、それ以上に許せない。それは道理ではないから。

道理でないことに、御陵は何よりも怒りを覚える。

御陵は拳を何度も床に打ち付ける。やがて皮が破け、血が滲み始めた。

その時ふと、御陵の肩に雪のような白いものがかかった。

見上げると、寝かされた美野の方から、白い粒子がポロポロと零れ落ちていた。彼女の名前のように、それは優しく御陵の頬に触れて消えていく。単なる化粧の剝落《はくらく》、そう言っても良いかもしれない。しかし御陵は、御陵だけはこれを知っている。これは霊子が零れたもの。自分だけにしか見えないのか、その真実は誰にも解らない。

しかし、御陵は自分の肩を抱く、彼女の姿を幻視した。

「そうじゃなぁ、ちっくと頭に来とったが——このままじゃいかんねや」

御陵は立ち上がると、肩についた白い輝片に手を重ねた。

「感謝するぜ」

今も美野の死に顔に変化はない。もしもそこに何かが見えたというのなら、それは人の感情が見せた幻に過ぎない。

だが御陵はその幻影に、いつかと同じように微笑みかけた。

3.

大塚駅から少し歩いたところに、そのライブハウスはあった。

月も分厚い雲に隠れ、商店の明かりも絶えた時刻。暗闇から御陵が建物を睨みつけている。

規制線はないが、制服警官が一人、地下へと続く階段の前で佇んでいた。御陵が身分を明かすより先に、その風体を訝しんだ制服警官が進み出る。

毎度のことと思い、御陵は億劫そうにくたびれたコートの裾を直す。突っかかる時間すら惜しい。少しでも見栄えを良くすれば、押し問答も多少は短く済むだろう。

しかし御陵の予想に反して、制服警官は小さく会釈をする。

「霊捜研の方ですね、中で警部が待っていますので」

御陵が何か言うより先に、制服警官は階段を示す。先に来た音名井が周知させてくれていたのかと思ったが、どうやらそうでもないらしい。階段の下、会場に続く分厚い扉の前で、御陵を待ち侘《わ》びる男の影が一つあった。

「よう、拝み屋君」

男が無精髭を撫でつけている。暗闇の中でなお冴えを増す眼光、捜査一課の刑事——蝶野京《ちょうのけい》だった。

「音名井君だったらいないからな。うちの生石《いきいし》と近くに聞き込みに行ってる」

飄々《ひょうひょう》とした態度で出迎える蝶野に対し、御陵の方は自然と足を引いて、コートの中に手をかける。

「ほう、ならなんでアンタがおるがよ」

「そう警戒するな。俺は音名井君に代わって貰って、君を待っていた。こないだは世話になったが、一課《うち》は霊捜研を馬鹿にする気はない。それに拝み屋君の捜査というのが気になる」

蝶野の癖《くせ》なのか、手をひらひらと振ってから体を返すと、分厚い扉を開いた。

「俺は捜査マニアなんだよ。色んな捜査法が知りたくて仕方がない。それもあの、今は亡き偉大な心霊捜査官、覚然坊阿闍梨《かくねんぼうあじゃり》の後継者とくれば——」

「いや、死んどらん。どこまで広まっちゅうがよ、あのジジイの死亡説」

薄ら笑いを浮かべる蝶野に先導され、御陵もライブハウスの中へと入っていく。中にも一人の制服警官が残っており、蝶野の到着を待っているようだった。

御陵が周囲を見回す。明かりは点けられておらず、僅かに捜査員が残した照明のみで照らされた空間。既にこういった場は見慣れているが、この会場も他と変わりなく、中央にステージを備えるだけで、観客側はがらんとした広いスペースになっている。

「被害者の美野雪は、ちょうど会場の中央で倒れていた」

蝶野は広い床を指差すが、既に現場検証も終えたのか、その痕跡を示すものは何もない。

「知ってるとは思うが、美野と会う場所をここに指定したのは奏歌で、彼女の要望に応えてステージを開けたのは従業員だ。そいつは奏歌のファンらしい」

蝶野は足を止めたが、御陵は美野が倒れていたという場所にまで進み出る。

「絞殺だそうだな。若い女の子が、苦しんだ死に顔を人に晒すというのは嫌なものだ」

「アンタ、意外と人間らしい感情もあんねや」

「同じ殺しでも好き嫌いはある。これは嫌いな方だ」

薄暗い会場で蝶野の表情を推し量ることはできないが、その言葉からは微かな怒りのようなものが感じられた。

「それで、拝み屋君はどうやって捜査をするんだ」

蝶野から促され、御陵はコートの内に手を入れる。反発する理由もない。元より、ここで自分がすべきことは一つしかなかった。

「七つうねね、谷々までも、咲くや栄える花なれど——」

御陵が祭文を唱え終えると、コートの中から取り出した三五斎幣が風に乗って中空に舞う。現場に残る霊子を依り憑かせ、その行く先を見守る。

「ほう、凄いな。霊能捜査というのはアメリカで見たことがあるが、日本でもここまでできる人間がいるとは」

「俺も直前まで、美野の死体と向き合っちょったき、無数の霊子から選《よ》り分けもせんでえぇ。今、ああして紙を動かしとるんが、この場に残留する美野雪の霊子じゃ」

「それで、そこから《怨素《おんそ》》を辿るというわけか」

そう言ってから、蝶野は制服警官に手を振って合図を送る。御陵が中空で飛ぶ三五斎幣と、蝶野達を交互に注視していると、やがて制服警官が現場の脇に置かれたテーブルに何かを並べ始めた。

「鑑識が採取したものだ。早々に科捜研に送ればいいんだが、今回は君も来るだろうと音名井君が言っていたから、先に君に見て貰おうと思った」

御陵が諧謔《かいぎゃく》的に頬を緩める。この場にいない音名井が、自分の到着を待っていたことが、ほんの僅かに——吹けば飛ぶ塵芥程度にでも——誇らしかった。

「まずはいくつか毛髪が落ちていた。長さや色で小分けにしてるが、そこから被害者のもの、あるいは犯人のものは解るか?」

「お安い御用よ」

御陵が手を伸ばし、中空の三五斎幣を摑む。それを今度はテーブルの方へと投げると、一直線に一つの袋の上へと落ちた。

「その中のいくつかが美野のモンやき、詳しいことは科捜研ででも調べてくれや」

ほう、と、蝶野の方が感嘆の声をあげた。

「他はどうだ、犯人のものは」

蝶野からの質問に御陵が首を振る。

「いや、反応はない。犯人の毛髪はないようじゃ」

「覆面でもかぶっていたか。それなら計画的な犯行ということになる」

御陵が手を振ると、調教されたイルカのように、三五斎幣が空調の風に乗って再び起き上がる。

「他にも現場で出たモンがあるがやろう。そこに《怨素》がついちょらんか見るちや」

御陵が口の中でボソボソと祭文を唱える。それに従い、三五斎幣がテーブルを這うようにして、次々と他の小袋へと覆いかぶさっていく。

「あれじゃ、右から二番目と四番目の袋、そこに《怨素》が強う反応しとる」

蝶野がテーブルに近づき、御陵が示した袋を取り上げて中を確かめていく。

「どっちも現場で採取された繊維片だ。犯人の衣服のものかもしれない。これも科捜研に回そう」

「ああよ。大体、こんなところか」

御陵がテーブルに近づいて三五斎幣を手に取る。もう片方の手を振ると、握られた三五斎幣が一度だけはらりと動き、後はただの紙片となった。

「それにしても《怨素》というのは興味深いな。調書によれば、被害者は誰からも好かれる、虫も殺さないような女の子だったんだろう。それが自分が殺されると解った時には、強く誰かを怨む、そういうものか」

感心する蝶野に対し、御陵は首を振る。

「《怨素》ゆうんは、生前の性格とは一切関係ない。そりゃ強い怨みや未練を残せば、それだけ太い《怨素》が出よるが、どんな聖人君子であれ《怨素》は残る。それは生き物の生存本能そのものじゃ」

御陵はその場にしゃがむと、手の平を床に当てて、現場に残る《怨素》を肌で感じ取る。視界に映るものは何もないが、悲しい色が触覚を通して伝わってくる。この感覚ばかりは、他の誰とも共有できないだろう。

どこであれ、誰であれ、変わりはしない。人の命が消える時に生まれるのは「生きていたい」という純粋な願い。美野という少女にも叶えたい夢があった、生きていたかったはずだ。それが唐突に終わりを告げる。その無念さこそが、この場に残る《怨素》の色だった。

「今まで霊捜研で調べとった事件がやと、どれも《怨素》が見つからんかった。そりゃあ生き物の生存本能を覆す、祟りゆうモンが絡んどるからじゃ」

「例の日々野いま事件か」

無感動な蝶野の呟きに、御陵が自嘲めいた笑いを漏らす。

「ああ、それがなんじゃ、誰よりも人を怨まんような優しい子が、ようやく《怨素》を、手がかりを残してくれよったがよ」

御陵の脳裏に、美野の笑顔が浮かんだ。

これまでは幽霊を、怨霊を相手取っての事件捜査だったが、ここから先は生きた人間を相手にする。しかしそれが日々野いまの祟りにまつわるものならば、自分の能力も必要になってくるだろう。それで十分だ。十分に、戦える。

一度頷いてから、御陵がにわかに立ち上がる。

「それで拝み屋君、興味深い捜査だけど、俺はもう少し気になることがあるんだよ」

御陵の顔を覗き込むように、蝶野が鋭い視線をよこしてくる。

「《怨素》というのは、いわば死者の感情だろう。それなら、犯人の姿、写真でもなんでも見れば、それに反応するのか？」

「そりゃ場合によるとしか言えんが、けんどまぁ、死ぬ前に強く意識しよった相手がやったら、写真でも反応はするやろう。ただ言っとくが、それは証拠にはできんがよ。霊捜研が証拠にできるのは、飽くまで本人から被害者の《怨素》が確認できた場合だけちや」

「いや、いいさ。証拠は後から調べる。今必要なのは、初動の方針だけだ」

言いつつ、蝶野は懐に手を入れる。

「実は、目撃証言はないんだが、事件の前後に犯人を示す一つの証言があった」

蝶野の含んだような物言いに、御陵が目を細める。

「歌だ。事件があっただろう時刻、このライブハウスを開けた従業員は上の店舗の方にいたが、その彼が、ある歌を聞いている」

蝶野がそれを取り出した時、御陵の手に握られていたままの三五斎幣が、痙攣《けいれん》するように強く動いた。

「奏歌の歌だ。それを聞いたらしい」

蝶野は御陵に向けて、奏歌の写真を掲げる。

「確かに奏歌は、犯行時刻に渋谷でライブをしていた。だが、拝み屋君、そういったことは抜きにして、その美野雪の霊は、彼女の《怨素》はなんて言っている？」

御陵の手の中で《怨素》を取り込んだ三五斎幣が、激しく揺れ動いている。その反応は御陵だけでなく、蝶野にも見て取れた。

4.

夜の街を、一人の陰陽師が歩いている。

いよいよ雨が降り始めた。蒸し暑《むしあつ》さの中で、からんからん、と下駄の音だけが路地に響く。東京の夜は無用なほどに明るく、そして寂しげだ。

既に人通りもなく、時折、タクシーだけが脇を通り過ぎる。誰に見られるわけでもないが、御陵はコートの前を掻き合わせる。その内に隠された、数多くの呪具が一様に鳴動している。

身にまとったのは、優しく、一途《いちず》に夢を見ていた少女の《怨素》。

麦わら帽子の下で、御陵の口角が上がり、不気味な笑いを作る。

春日《かすが》通りを歩き、いくつものマンションを通り過ぎ、やがて神田川沿いへと出た。ツタの絡まる古い家屋が暗い川に突き出ている。人の生を感じさせない澱んだ風景。ふと川の中央に白い影が浮かんでいるのが見えた。

こっちに来て。

ぼう、と浮かんだ白い影が次第に女性の形を描き出し、やがて御陵に向かって優しく手招きをする。そこにいる人物が懐《なつ》かしい相手のように思えた。ふいに、その影に従いたくなる欲求が心中に湧く。

御陵の胸が静かに震えた。

手をコートに入れると、一枚の三五斎幣が揺れている。そこに依り憑いた霊子が、御陵の足を止めさせる。

雨音の中で、川に浮かんだ白い影がひたすらに手招きをする。美野のわけがない。ましてや日々野いまでもなく、これは川で死んだ亡霊が、御陵のまとった《怨素》に反応して形を変えたものに過ぎない。

既に正体を看破《かんぱ》した御陵は、殺気を込めてその影を睨みつける。

川の上の影は姿を消し、次の瞬間には、何本もの白い腕となって、川面を揺らめき始めた。

誰とも知れぬ死者の霊。

御陵はそれらに祈りを捧げる。コートから取り出した三五斎幣を中空に放ると、それらは風に乗り、雨に濡れながらも川へと向かって舞い落ちていく。

白い紙片が舞い飛ぶ中で、陰陽師が歩いている。下駄の音が、勢いを増す川の音に掻き消されていった。

5.

美野雪が殺害されてから、一日が経った。

御陵はその間、誰の前にも顔を出すことはなかった。しかし、その日の夕方になって、霊捜研の研究室の隅で、あぐらをかいたまま器用に眠る彼の姿を曳月《ひきつき》が発見した。

最初の一撃は慈悲心から優しく撫でるように、二撃目は以前気持ち良く眠っていたのに起こされたことを思い出したらしく、その復讐心からしたたかに頬をはたかれた。

「何するちや、人が良い気持ちで眠っとる時に」

「何してるの、って、こっちの台詞《せりふ》ですぅ。昨日も無断欠勤だったから、どこ行ったのか、みんな心配してたんだよ。殊《こと》ちゃんなんか、辞めちゃったのかと思って泣いてたよ。

下《した》っ端《ぱ》減るって」

「アイツだけは許さん」

閉ざされたカーテンの向こう側からは、既に傾ききった日差しが入り込んでいる。それでも身を起こす様子のない御陵を心配し、曳月も横にしゃがみ込んで顔を覗き込む。その拍子に、下駄を履いたままの御陵の足が、赤く腫《は》れているのが見えたようだった。

「清太郎ちゃん、もしかして一昨日の夜からずっと歩き回ってたの？　その、あの子、美野ちゃんのことで――」

曳月がそこで口を結ぶと、御陵も視線を逸らしてから、鼻から深く息を吐いた。

「ウィスパー上で美野と連絡を取っちょった大方の人間を、一日かけて追っとった。大体はアイドルのファンじゃ。で、一人でも《怨素》の痕跡があるかと思うたが、どいつもよう反応せん。奏歌の関係者らとかは音名井も調べとろうが、現状じゃ容疑者なんぞおらん」

たった一人を除いては。

御陵は何も言わず、コートの内にしまい込んだ奏歌の写真を手にした。そこには確かに美野の《怨素》が付着している。死ぬ直前に未練や心残りで強く思った程度では《怨素》は検出されない。《怨素》がつくのは、対象が明確に自分を害する存在として認識していなければいけない。

「奏歌、だよね」

御陵が俯いていると、横から曳月の手が伸びる。写真を奪い取った曳月が、にわかに顔をしかめる。

「一昨日の事件の報告は霊捜研にも来てるよ。証拠の方も、科捜研からこっちに回ってきたものがいくつか。大方の予想通り、美野雪の毛髪から検出された霊子と現場の《怨素》の型が一致してた」

「問題は、その《怨素》の向かう先よ」

「清太郎ちゃんが事前に見てくれたんだと思うけど、証拠の一部に《怨素》が付着した繊維片があったよね。犯人の衣服のもの。そう、一課の方針が決まってアタリをつけたんだろうね、すぐに同じ素材のものが科捜研の方で判明したってさ」

しゃがんだまま、曳月が遠くを見るように両手を頬に添える。

「結論から言うとね、奏歌が当日に着てたライブ衣装に使われている生地《きじ》と同じもの、らしい」

「不可能じゃ」

「だよね」

美野を呼び出した当人。現場の遺留物。歌声を聞いたという証言。そして《怨素》という心霊捜査における絶対の証拠。しかし、それらがいくら揃おうとも、事件発生時刻に奏歌がライブステージ上にいたことは間違いない。だとすれば、これは不可能な殺人、不条理な事件でしかない。

「奏歌のはずがない。しかし万が一にでも奏歌じゃったとしても、今度は動機がないちや。奏歌が美野を殺す理由が思いつかん」

「そうだよね。むしろ美野ちゃんは日々野いま、奏歌の親友の祟りを防ごうとしてたわけだし。それが何か、奏歌にとって不都合なら話は別だけども」

「これが祟りがやったら、理由なんぞいらん。澱んだ《怨素》に触れて、それを引き金に自殺した。そがいな事件がやったら、どれだけ——」

言ってから、御陵は自分で自分の首を絞める美野の姿を想像した。そんなはずはない。そうであってはいけない。それに、これが祟りでないことは美野自身の《怨素》が証明している。

祟り事案以上に厄介な相手に、御陵も打つ手をなくし、ただ歯嚙みして捜査の行く末を見守るしかない。

「清太郎ちゃん……」

あぐらをかいたまま、御陵は後頭部を後ろの壁に打ち付ける。

「美野に合わせる顔がない。心霊科学捜査官じゃちゅうて、意気込んだはええが、アンタを殺したんは、アンタを殺すことができない相手やって、そう言うしかない」

御陵が後頭部を打ち付けようとした何度目かで、その頭が曳月によって強く摑まれ、無理矢理に顔を向けさせられた。

「清太郎ちゃん、もしかして、美野ちゃんのために一人で捜査してたの？」

「そりゃそうよ。俺が事件に巻き込んだも同然やきに。それに美野に会うたんは最近じゃが、あの子は俺を頼ってくれた。そんな人間を死なせて責任も取らんで逃げるなんざ、それこそ道理やない」

御陵の言葉を受けて、曳月は何かを言いたそうに口をもごもごとさせ、小さく呻いた後に「ばっかやろう」とそれだけ吐き出した。

「確かに霊捜研の人は、清太郎ちゃんほどには美野ちゃんに関わってないかもしれないけど。だけどね、みんなもプロだよ。死んだ人が知り合いでも、知り合いじゃなくても、その霊子を扱う時にはいつも同じ気持ち」

曳月の力強い瞳が、御陵の目を真っ直ぐに見つめる。

「誰かが《怨素》を生んでしまったのなら、それを解消できるように、必ず事件を解決する。それが心霊科学捜査官ってもんでしょうが」

ね、と、曳月が笑いかけてくる。

「一人じゃできなくても、各々の分野で頑張る。そのために霊捜研があるのよ。みんなも美野ちゃんのために捜査をしてる。殊ちゃんはライブ映像を確認してるし、林《はやし》さんは会場の調査、オギちゃんは過去の自殺事件も洗ってる。所長は――まぁ、きっとなんかしてる」

「最後はどうかと思うぞ」

曳月は笑いながら、御陵の頭から手を放すと、姿勢を直して正対する。朗《ほが》らかな顔のまま、今度は慈しむように両腕を大きく広げてみせる。

「ま、そういう訳だから。清太郎ちゃんもみんなを信じてみなさいな。ね？　一人で頑張るのはおしまい。ほらほら、頑張ったご褒美《ほうび》に、今なら優しいお姉さんの胸に飛び込んで甘えても――ってぇ、痛い！　下駄で蹴るの禁止だよ！」

「小突いただけじゃろうが」

からからと笑った後、御陵は両手で膝を打ってから、すっくとその場に立ち上がった。

「ええわ、俺も今となっちゃあ、一人で何もかもできると思うほどは自惚《うぬぼ》れちょらん。めった、俺の負けじゃ。ここは素直に霊捜研の力を貸して貰うがよ」

「清太郎ちゃん」

「ほんなら、道理を通すぜ。挨拶させて貰わんとな」

かん、と一踏み、研究室に下駄の音が響いた。

6.

霊捜研のオフィスを御陵が闊歩《かっぽ》する。

新人の遅すぎる到着に顔をしかめるような所員もおらず、一様に作業を続けるか、あるいは興味深そうに様子を見守る者ばかり。

「はいはーい、みんな注目〜」

御陵の後から続いて入ってきた曳月が、太鼓持ちの如く御陵の入場を盛り上げる。困った表情を浮かべてから、それでも御陵は事前の打ち合わせの通り、一直線に烏越《うえつ》のいる所長席を目指す。

「おやおや、御陵君、お帰りなさい」

「ほいほい、すっと終わるき、ちっくと移動しとおせ」

御陵が椅子《いす》を押し出すと、呑気にコーヒーを啜ったままの烏越が運ばれていく。

よっ、と一声、下駄を脱いだ御陵が何もない所長席の机の上に登ると、そこで横柄にあぐらをかいた。突然の暴挙に、所員達の間でにわかにどよめきが起こったが、それも次の瞬間には、指をついて深く頭を下げる御陵の姿を見て言葉を失っていた。

「まず、昨日と今日は迷惑をかけた。すまん」

横柄な姿だが、追いやられた烏越の方はニコニコと笑うのみ。同様に微笑む曳月の他は、呆気にとられたまま、御陵を見守ることしかできないでいる。

「次に、この場を借りて頼みたいことがある」

頭を上げた御陵が、周囲の人々を見回す。吾勝殊《あがつ》、萩原荻太郎《はぎわらおぎたろう》、林風雅《ふうが》、そして曳月柩《ひつぎ》と所長の烏越。その力を借りることを、以前は恥と思っていたが、今では素直な気持ちで向き合える。

「美野雪ちゅう女の子が殺された。日々野いま絡みじゃ。祟り相手やったら、一人でなんぼでも戦える。けんど、この一件はそうもいかん。そこで霊捜研の皆の力を貸してくれや」

頼む。

最後にそう付け加えて、御陵は再び深く頭を下げた。

突拍子もない、礼儀もない。しかしそれでも、御陵は自身の置かれた特殊な立場を捨てて、一人の霊捜研の人間として協力を仰いだ。

これまでの「お客様」から、同じ心霊科学捜査官の仲間となる。それに不満を持つ者は、この場には誰もいない。

最初に立ち上がったのは吾勝殊だった。

「出来の良い同期がいることに感謝するッスよ。はい、これ、ミサさんのいない間にまとめといたライブ映像と、検証用の奏歌のCDの資料ッス」

所長席に進み出た吾勝が、大人しく座る御陵の前にCDの山を積み上げる。その多さに面食らっている内に、横からさらに紙の山が積み上げられた。

「こっちは日々野いまの生前の資料だよ。清太郎君も頑張るねぇ、僕も一人でこんなに読みたくないよ」

優麗な調子で笑顔を差し向ける萩原の向こうから、両肩に段ボール箱を担いだ林が近づいてくる。

「御陵さん、これ、遺留品とライブ会場で採取した資料です」

あまりのことに御陵が顔を歪めていると、視界の端で自分の机の荷物を持ち出そうとする曳月の姿が映った。

「おい、曳月」

「あ、仕事押し付けようとしてるのバレた？」

かぁ、と御陵は手で顔を覆って天井を仰いだ。

それを好機と見るや、他の所員達も、次から次へと今回の事件の関連資料を持ち寄る。

やがて所長席一杯に、それらが捧げもののように積み上げられた。

「皆ね、清太郎ちゃんがいない間も、ちゃあんと捜査してたわけよ。呑気でサボってる人間ばっかだと思わせちゃってごめんね。でも、負担になっちゃうかと思って、ちょおっと黙ってたのよん」

「負担も負担、大負担じゃ」

自身の周りに積み上げられた資料の山を手に取って、愉快そうに微笑む。

「あれッスよ、ミサさん。こないだ曳月さんがミサさんの机で寝てたのも、前の晩からずっと資料とにらめっこしてたからッスよ」

「あああ、殊ちゃん、それ言わない約束じゃん！」

いつものように、ぎゃあぎゃあと喚く二人の姿を見て御陵は力強く頷く。今ではそれも頼もしく見えてくる。

「ま、という訳で、御陵君もとんだブラック企業に就職しちゃったねぇ」

椅子に座ったまま、横からスライドしてきた烏越がコーヒーを片手に御陵に語りかける。それに対して、御陵も小気味良い笑いで応《こた》えるのみ。

「じゃあ、最初の仕事は僕の机に積み上がった資料の片付け」

ほいほい、と、御陵が返事をしつつ机から降りると、それとタイミングを同じくしてオフィスの扉が開かれた。

その向こうに立つ音名井の姿に、御陵は微かな既視感を覚えたが、その鬼気迫る表情を見て身を固くした。

「音名井――」

何も言わず、捜査零課の男が進み出る。

「御陵、今度も僕と一緒に来て貰う」

立ち尽くす御陵の手を、音名井が力強く摑んだ。

「一課が、奏歌を重要参考人として押さえるつもりだ」

7.

音名井の運転する車が、夕闇に沈む新宿通りを走る。新宿の繁華街も通り過ぎ、四谷《よつや》に向かってビル群の間を駆けていく。

「四谷は地下アイドル発祥の地だ」

いつもは車内に満ちていた無言の間を、この時は嫌ってか、音名井の方から隣の御陵に向けて声がかかる。

「九〇年代後半にかけてそれまでのアイドル像が転換する時期、この地で四ツ谷サンバレイというライブハウスがオープンし、ここで多くのアイドルがステージに立った」

「奏歌やらのご先祖様ちゅうわけか」

「まさしくそうだな。そして、今でも四谷は多くのライブハウスが集まっている。今日の奏歌のライブがここで行われているのも、因果じみているな」

「俺としちゃ、四谷ちゅうたら四谷怪談じゃ。醜いゆうて謀殺されたお岩《いわ》が、夫の民谷伊《たみやい》右衛門《えもん》を祟り殺す。一念通さでおくべきか、ゆうてな」

後頭部に腕を回しながら、御陵が朗々と口上を告げる。

「一つ訂正しておくが、『東海道四谷怪談』の舞台は雑司ヶ谷《ぞうしがや》の四谷町だ。ただし怪談の元になった田宮《たみや》家とお岩の話は、確かにこの四谷左門町《さもんちょう》でのことだから、作者の鶴屋南《つるやなん》北《ぼく》が意図的に場所を変えたものだな」

「なんじゃ、アイドルだけやのうて、怪談も詳しいがかよ」

「僕の卒業論文は『近世における幽霊観の変化』だったんでね。文学部卒の刑事なんての は肩身が狭いが、零課の人間としては存分に役に立っているよ」

以前の音名井なら、準キャリアという自分の立場について話すこともなかった。それを僅かにでも語る様子に、御陵は静かな笑みを返す。

「しかし、あれじゃのう。醜いゆうて追い出されたお岩さんの祟りゆうんは、今回の一件をよう思い出す」

日々野いま。彼女もまた、自らの容姿を苦にしてアイドルという檜舞台《ひのきぶたい》を降りた。それだけでなく、その死には祟りがつきまとう。それならば、彼女が祟り殺すべき伊右衛門の一族とは、彼女を追いやった人間達だろうか。事務所の社長も、ファンも、全て。

ふと御陵の視線が鋭いものに変わる。

「奏歌が犯人ちゅうんじゃったら、なんで美野を殺す必要がある。あの子は祟りを防ごうとしとっただけじゃ」

隣の音名井が、一瞬だけ御陵の表情を確かめる。

「僕の推理だが、もしかしたら奏歌は日々野いまの自殺に深く関わっているのかもしれない」

「どういうことじゃ」

「例えば奏歌から何か酷いことを言われ、それにショックを受けた日々野いまが自殺をした。あるいはメジャーデビューを目指す奏歌にとって、日々野いまの存在が足手まといになった。そこで社長の神谷と共謀して彼女を引退に追い込もうとした、とかな」

「まるで、お岩さんを追い出した民谷伊右衛門と伊藤喜兵衛《いとうきへえ》じゃ」

「全ては想像だ。だが、そういったことがあったとすれば、奏歌にとって日々野いまとの過去は捨て去りたいもののはずだ。特に、これだけ人気を得た今となっては」

「それで、奏歌は自分の過去を知っとる神谷を殺し、また調べようとしとった美野を殺したがか」

街路灯の光が音名井の眼鏡に反射した。その下の表情は窺い知れない。

「偏執的な考え方だ。冷静ではないのかもしれない。ただ、それも全て、奏歌自身が日々野いまを邪魔に思っていたとしたら、の話になるがな」

「そうは思いとうないちゃ」

ずるり、と御陵が助手席で姿勢を崩して麦わら帽子を目深にかぶる。

「寝るなよ。もうすぐ着く」

「へいへい」

フロントウィンドウの先に、血を撒いたような色をした空が広がっている。

8.

ライブハウスへ入ると、既にそこには多くの人々がいた。

揃いのTシャツ、いずれも奏歌のファンと解る。出番はまだなのか、彼らはステージの方へは行かずに、一様にドリンクを片手にそこかしこで談笑している。

「奏歌についての情報だが」

前方を歩く音名井が、ふと立ち止まって御陵の方を向く。

「その経歴に穴がある」

「どういうことじゃ」

「一応、本名は井関詩穂《いぜきしほ》ということは解っているが、彼女を知っている人間があまりに少なすぎる」

「そこまで解っとって、何が解らんがか。学校の同級生でもなんでも、調べて聞けばええやろう」

「いや、高校には行っていないらしい。それに年齢も十八ではなく、本当は二十歳だ。東京で一人暮らし。埼玉県に母親が住んでいるが、そことも疎遠らしく、母親は芸能関係の仕事をしているということしか把握していない」

「確かにそりゃあ厄介じゃ。ほじゃったら日々野いまを調べる中で、何か解るモンでもなかったがかよ」

「生きた人間が専門の一課が調べてこれだ。死者を相手にする零課では何も出てこないさ」

音名井は肩を落としつつ、ライブハウスの片隅の喫煙スペースで、煙草をふかしている一群を見やった。

「ここにいる誰も彼もが、本当の奏歌を知らない。彼らが見ているのは、一人の生きた少女ではなく、アイドルという存在でしかないんだ」

御陵もまた、この空間に満ちる空気を感じ取る。誰もが皆、アイドルという幻影を見ているに過ぎない。そのベールの向こう側にある彼女の生は、本質的には関わりがないというのか。

「それがアイドルとファンの距離、ゆうやつか」

そう寂しげに呟いた時、扉を隔《へだ》てたステージの方から新たに歓声が聞こえてきた。御陵が遠くで響く音楽に耳を傾けると、それが聞き覚えのあるものだと気づいた。

「この曲——」

「覚えてるか。『恋の事象地平面《イベントホライズン》』だ。美野がいたキューティラボラトリーの曲だ」

音名井が彼女の不在を過去形で告げる。

「因果なものだな。今日のステージにも彼女らが立っている。それで——メンバーには、まだ美野のことは伏せられているらしい。単に病気で休んでいるとだけ……」

御陵が喉の奥を通り過ぎるものを堪える。熱く苦いものを飲み込んで、強く歯を噛みしめる。

「いつ伝えるのかは知らない。ニュースになる前に伝えるとは思うが……」

一緒に夢を追いかけていた仲間が殺された。それも犯人と目されているのが、同じステージに立った者だというのなら。その事実が、彼女達にどれだけ重くのしかかるだろうか。

御陵は美野の顔と、その横で笑う真白《ましろ》ひかりのことを思い出していた。

「感傷はここまでだ。蝶野さんが来た」

横から音名井に小突かれて目を開けると、通用口の方で手を上げる蝶野と生石の姿が目に入った。二人の刑事が準備を終えたことを合図に、音名井と御陵も人々の間を縫って奥へと進んでいく。

「よう、音名井君に、拝み屋君」

変わることのない蝶野の鋭い眼光と、泰然と近侍《きんじ》する生石の無言の威圧が二人を捉える。今更それらに呑まれることもなく、手短に用件を済ませて四人で通用口を通る。

「次が奏歌の出番だ。俺らは彼女が舞台袖にはけてきたところで確保する。本来なら一課だけで十分な仕事だが、今回は日々野いまの祟り事案にも関わる。君らにもご同行願うよ」

「それは構いませんが——蝶野さん、本当に奏歌が犯人だと思ってるんですか？」

「俺はそう思ってるよ。たとえ何人もの人間が、そして音名井君自身が、目の前で歌う奏歌の姿を見ていようとも」

悪辣《あくらつ》な調子で、先を行く蝶野が口角を上げる。

それ以上は御陵も音名井も口を挟まず、暗い通路を進んで舞台袖へと向かっていく。さしてスペースはない。響き続ける音楽の中、転がった機材類とコードを避けて慎重に歩くと、その先でステージの光を受けて小さな階段の影が浮かぶ。

その時、きらびやかな衣装をまとった少女達が階段を下りてくるのが目に入った。

少女達の先頭にいる真白ひかりが、誰よりも先に御陵と音名井の姿を見つけ、小走りで近づいてきた。

「刑事さん！　また捜査？　あ、そっちの人はゆきにゃ推しだよね。ゆきにゃ嬉しそうに話してたよ～。でも残念でした、今日はお休みだよ」

にこやかに手を振りつつ喋る真白に、御陵は何も言えず、ただ曖昧な笑みを返すことしかできない。

すると、途端に真白の顔が真剣なものになり、振っていた手を御陵の肩に静かに置いた。

「なんか、あったんでしょ」

少女の視線が御陵の顔を捉える。人と接するという意味なら、彼女もプロだ。相手の表情の変化に対しては敏感なのだろう。

「そりゃあ――」

「言えないよね。いいよ、言わなくて」

「すまん」

「ううん。気遣《きづか》ってくれたんだよね。優しいね」

真白は御陵の肩を軽く叩いてから手を放し、後ろで心配そうにする他のメンバーを見やると、すぐに笑顔を作って、再び前を歩き出す。御陵の方を振り返りつつ、小さく手を振って「また来てね」と小さく言い添えた。

「アイドルというのは刑事ばりだな」

少ししてから、舞台袖で立ち止まった蝶野が感心するように呟いた。

「刑事じゃない拝み屋君は仕方がないが、音名井君も表情は隠せるようにしておかなきゃな」

御陵が横についた音名井の方を向くと、彼もまた必死に感情を押し殺しているのが解った。うなだれ、自分の未熟さを噛みしめているようだった。

「さて、間もなく奏歌の出番だが」

蝶野が告げたのと時を同じくして、ステージに音が満ちる。スモークと光の中から、真紅の衣装を着たアイドルが現れる。

奏歌。日々野いまの親友、そして美野の《怨素》をまとう少女。

「拝み屋君、どうだ。彼女から《怨素》は感じられるか」

横から蝶野が確認してくる。御陵は懐の得物に手を伸ばすが、案の定、式王子にも道断ち刀にも手応《てごた》えがない。霊子を保持した三五斎幣だけが僅かに震えている。

「解らん。奏歌のライブは霊子を遮断してんねや。他人の《怨素》を感じ取るゆうことはできん、できんが、この三五斎幣だけは不自然な動きをしちょる」

「美野の殺害現場で使ったものか。それなら、自分を殺した相手を目の前に反応しているんだろうよ」

納得の表情を浮かべる蝶野に対し、御陵は険しい顔でステージ上の奏歌を見つめている。

ファン達に向かって声をかける奏歌の横顔。張り上げる声は自信に満ち、その笑顔は心を溶かす。どこにも不審な点はなく、どこまでもアイドルという存在を表現している。

「それはそれとして、こういうものは初めて聞いたが、確かに人気なのは頷ける」

億劫そうに機材に寄りかかる蝶野が、素直に奏歌の歌を褒める。しかし、その言葉にはどことなく空虚なものが混じる。彼にとって重要なのは、奏歌が本当に殺人を犯したのか、その一点だけなのだろう。

「奏歌が歌うのは十分程度です。アイドルは通常、こっちの下手から出て楽屋に向かうはずだから、そこで確保しますよ」

音名井からの提案に二人の刑事が頷いた直後、一層の歓声が沸いた。奏歌の歌が佳境に入る。

そこでふと、御陵がステージを挟んで反対、上手側の舞台袖に立つ人影を見つけた。

「おい、音名井。あれを見てみい」

御陵が隣の音名井に小声で告げる。その意図を汲《く》み、音名井も上手の舞台袖に立つ人物を確かめた。眼鏡をかけているが、その冷たい印象の風貌《ふうぼう》は変わらない。

「あれは確か、奏歌の事務所の西崎《にしざき》さんか」

西崎は視線を逸らすこともなく、ただ歌い続ける奏歌を見守っている。他に意識を向けることもないのか、反対側にいる御陵達に気づいた様子もない。

「プロデューサー兼社長の神谷が亡くなったことで、彼女が代わりに奏歌のライブ現場に付き添っているのだろう」

音名井の言葉を受けつつ、御陵は奏歌と西崎を交互に見据える。やがて曲が終わるのと共に舞台が暗転し、コンサートライトの仄《ほの》かな光だけが、奥で佇む西崎の顔を蜃気楼《しんきろう》のように浮かび上がらせる。

再びステージ上に明かりが戻った時、光の中で奏歌を挟んで、青ざめた表情の西崎がこちらを見ていた。

「彼女、こっちに気づいたようだ——」

音名井が言い終えるより先に、向こうの西崎がステージ上に踏み出していた。

それが意味するものを察知したのは、御陵と蝶野の二人だけ。

「捕まえろ!」

蝶野が叫んでいた。詰めかけたファン達の声援を掻き消すだけの声。呆然《ぼうぜん》とする奏歌の瞳が御陵の視線と交差する。ここで、ようやく気づいた音名井と生石が二人に続く。

「逃げて——」

か細い声が届いた。ステージに飛び出した西崎が奏歌の脇を過ぎて、迫りくる蝶野に縋《すが》りついた。足をもつれさせた二人がその場に転がる。西崎の声を受けて、奏歌は訳も解らないまま上手へと走り出す。一歩遅れて御陵が手を伸ばしたが、それが奏歌に届くことはなかった。

「待てや、奏歌！」

そこから先、御陵の耳に届いたのは無数の人々の怒号だった。西崎の助けを求める声に応じ、刑事達の乱入を勘違いしたファンが次々とステージ上に駆け寄ってくる。御陵の後方では蝶野を筆頭に、音名井と生石も無数のファンに取り押さえられようとしている。先を行く御陵だけが、阿鼻地獄《あびじごく》の中から伸ばされた無数の手を掻い潜り、上手の舞台袖へと転がり込む。

「御陵、奏歌を捕まえろ！」

音名井の声が響いた。逆巻く怒濤《どとう》の如く、人々がステージ上に殺到している。

振り返ることもせず、御陵は舞台袖から降りて、暗い通路へと進んでいく。一本道だ。通用口から外に出るより先に、奏歌を取り押さえればいい。

コード類に足を取られそうになりながらも、御陵が細い通路を走る。前を行く奏歌の背が見え、真紅の衣装が視界の奥でちらちらと揺れ動いている。

――この暗闇の中を、よくも走れる。

通路が一度折れ、そこを曲がった瞬間に通用口の位置を示す非常灯が目に入る。

しかし、それと同時に御陵はその場に立ち尽くすしかなかった。

追い詰めたと思った。奏歌が重い扉を開けるまでの猶予で、十分に捕まえられると思っていた。

しかし、そこに奏歌の姿はなかった。

既に狭い通路の全てが目に入っている。先にあるのは通用口だけ。左右に扉などない。確かに段ボール箱や機材は多く積まれている。だが、どれだけ注意深く確かめてみても、それらの中に隠れているわけではなかった。

どこかですれ違ったのか、それに気づくこともなく、取り逃がしたというのか。

奇妙な感触を覚えながらも、御陵が背後を振り向くと、暗闇を駆ける音名井の姿が目に入った。どうやら、あの人々の間を抜け出して、ようやく追いついたらしかった。

「御陵、奏歌は」

「おらん」

音名井が何か言い返すより早く、御陵はその肩を摑んで揺すっていた。

「なぁ、音名井。誰とも、すれ違ったりはせんかったやか?」

「何を――」

そこで音名井は御陵の言わんとしていることに気づき、弾かれたように後ろを振り返った。

「この狭《せば》い通路が中で、いつ隠れて、いつやり過ごせるゆうねや。俺はとっと追いかけとった。通用口を開けたがやったら、外の明かりが漏れて気づく。けんど、その光もなかったちや」

「どういうことだ？　いや、もし見失ったとしても、この通路はステージにしか繋がっていないはずだ。そこには蝶野さん達が……」

「そこで捕まえられたならええが、そうでないなら」

その小さな不安は、まさしく通路を駆ける蝶野の姿を見て、あまりにも大きな疑念へと変わる。

「奏歌は、どこへ行った」

忌々《いまいま》しく呟く蝶野の声が、虚しく通路に響いた。

9.

奏歌が姿を消した翌日。中野のメイド喫茶、イル・パラディーゾに異様な団体客がいた。

既に夕刻。薄暗い店内のそこかしこで、多くの客が幽霊姿のメイドと楽しげに会話をしている。その中にあって、その団体客は見て見ぬふりをされているのか、隅で固まって顧《かえり》みられることもない。御陵は彼らの一角に加わるのに些《いささ》か抵抗があったが、それでもメイドから満面の笑みで案内されては席に着く他ない。

どっかと、席に座ると、大テーブルに積み上げられた資料の山の中から、吾勝がひょこりと顔を覗かせる。

「遅かったッスね、ミサさん」

「鑑識課から資料を預かってきたちや」

それを聞いて、今度は別の資料の山から音名井の顔が現れる。

「それで奏歌の捜査状況はどうなってる」

「どうもこうもないがよ。依然、行方《ゆくえ》知れず。逃げることを見越しとったのか、奏歌が暮らしとったマンションも、ほぼもぬけの殻よ。必要なもの以外は何も残っとらんかったと。後は目の前で逃げたのが決め手ゆうて、逮捕状も出る始末じゃ」

「こっちもそうだ。鑑識の段田《だんだ》さんによると、奏歌がいた楽屋から大量の《怨素》が検出されたらしい。萩原さんに鑑定して貰ったが、間違いなく美野雪のものだそうだ」

音名井の発言を受けて、さらに別の山の向こうで細長い腕が伸び、ぶらぶらと左右に振られる。

「そうなんだよ。楽屋だけじゃなくて、奏歌の衣装、持ちもの、マンションからも、それはそれは濃ぉい《怨素》が検出されちゃったんだよね。こればかりは言い逃れできないよ」

腕が引っ込むのと同時に、今度は音名井が御陵の方に顔を寄せてくる。

「西崎さんの方はどうだった。勾留《こうりゅう》されてるんだろう」

「それも知らぬ存ぜぬよ。俺らの前に飛び出してきよったんは、厄介なファンから奏歌を守ろう思うて、勘違いしよったゆうことじゃ」

「なんともだな。慎重に動いたのが裏目に出たか」

「そっちはどうじゃ、何か出たがか」

御陵が尋ねると、背後から白装束をまとった曳月が現れ、テーブルの上にコーヒーを置いた。

「殊ちゃんは奏歌のライブ映像の確認中、萩原さんは《怨素》の鑑定と日々野いまの自殺の洗い直し。一番頑張ってるのは林さんで、奏歌が出演した全てのライブハウスの霊子を調べて貰ったところ」

曳月から声をかけられると、資料の山よりなお背丈のある林が、その巨体を縮ませて頷いた。その手元で、普段から大事にしている猫のぬいぐるみを弄くり回しているのが見えた。

「フウちゃん先輩、凄いッスよ。奏歌の出演リストを調べて、全部現地まで調べに行ってたんです。ジェリーちゃんの頭を握り潰しながら」

林の手元でぬいぐるみが力強く歪んでいく。

「そ、そうです。自分には、この程度しかできませんので」

「林さんは霊子地理学、いわゆる風水とかのプロだから、ライブハウスに残る幽霊の痕跡とかを見つけようとしてくれてたの」

曳月は立ったまま――引退したとはいえ、メイドとして働いている間は座らないそうだ――林の前に積まれた資料を引き抜いて、それぞれ御陵の前に差し出してくる。

「ざ、残念ながら幽霊の痕跡は見つかりませんでした。日々野いまが現れたという噂のあるライブハウスも行ったのですが、そこはつまり、奏歌がライブを行った場所でもありましたので」

「霊子を遮断しとった、か」

「そうです。けれど面白いものが解りました。奏歌が出演するライブハウスで霊子を遮断していたものの正体です」

その言葉に、御陵が顔を上げて林を見つめる。

「つ、つまり霊子固定剤、でした」

「霊子固定剤？」

御陵は問いかけながら、手元の資料から、その物質に関わる箇所を探して読み込んでいく。

「一般的には防霊スプレーとして市販されています。大気中の霊子の動きを一時的に止め、影響を受けなくする効果があります」

御陵はライブハウスで自分の得物が反応しなくなったことを思い出す。つまり呪術の際、自分の霊子を込めて使うべきものが、霊子固定剤によって伝達できず、役目を果たせなかったということか。

「霊子固定剤を使えば、その空間では霊子が発散できなくなるので、霊は姿を現さなくなります。もちろん、強い怨霊などの前では気休め程度ですが」

「ほうか。ああ、けんど待ってくれや、昨日、俺はライブハウスで三五斎幣が震えちょったのを見たがよ。これは影響されんがか？」

「霊子固定剤は名前の通り、霊子の動きを止める、言い換えれば保持するので、御陵さんのように、あらかじめ御幣に霊子を閉じ込めていた場合は、逆に外に出すことができない状態になります。本来なら自然と大気に消える微量の霊子も、あえて固定させてしまうので、防霊効果があるのかどうか、逆に問題視されることもあるくらいで」

御陵が資料を眺めていると、霊子固定剤を含んだ薬剤のリストが付けられていた。なんら不思議な点のない、市販されている防霊グッズの一つに見える。

「奏歌のライブでは、その霊子固定剤をスモークに混ぜて散布していたようです」

「ああ、あの出番が時に煙っとったやつか」

「こっちの映像でも確認できるッスよ」

脇から吾勝が顔を寄せ、自前のタブレットPCを差し出してくる。動画の再生途中らしく、吾勝がタップすると音と共に映像が流れ始めた。

「これが、この間のテレビカメラが入ってた奏歌のライブ映像ッスね。こんな事件になったので、今のところはお蔵入りらしいッスけど」

「美野が殺された日のモンか」

「そうです。完全完璧《かんぺき》なアリバイ。それでも何か映像で不審な点がないか、ずっと調べてたんスよ」

御陵は吾勝と共にライブ映像を確認する。ステージの上で奏歌が歌い、ファンがそれに応じて声を張り上げる。何度も見た光景だったが、まさにこの瞬間、別の場所で殺害された美野の《怨素》が、溌剌《はつらつ》とした笑顔で歌って踊る奏歌の元に降り注いでいるのだ。

「確かに、ここでスモークが出ちゅうな」

「それと音声を分析して解ったんスけど、この歌は録音みたいッスね」

吾勝からの情報に、御陵が眉を寄せる。

「奏歌はこの場で歌っとらんかったがか」

「ですねぇ。でもそれだけじゃ、アリバイを崩せないというか、うぅん、この辺はオトさんにパスで」

話を振られた音名井が眼鏡を直しつつ、席を立って御陵の横へと移動してくる。

「確かに奏歌のライブは録音を使用する時がある。地下アイドルの現場では珍しいことじゃない。激しいダンスを踊りながらだから、曲によっては録音にかぶせて歌うことがある」

「じゃがよ、この日に限って録音ゆうのも奇妙ちゃ」

「そうは言うが、僕も現場で見る限り不審な点は――」

「例えばですけどぉ」

と、突如として背後から声がかかった。

御陵と音名井が振り返ると、そこに白装束のメイドが両手をだらんと垂らして立っていた。以前に出会った、ククリと名乗るメイドだった。

「そのスモークを使って、映画のスクリーンみたいに姿を映すとかはぁ、どうでしょう？それならアリバイもなくなりますよ」

ニコニコと笑いながら、幽霊メイドが物騒なことを口走る。

「アンタ……、こっちの話を聞いとったがかよ」

「あっ！　いえいえ、詳細は知りませんよう。曳月さんからも、こちらの方々の話は聞き流しておけと言われていますし。でも、なんだか耳に入っちゃって。あ、私、推理小説とか大好きなんです～」

ククリが大袈裟《おおげさ》に首を左右に振り、その度に天冠形のカチューシャと、その上の犬のぬいぐるみが揺れる。

「面白い意見だが、現場で見た僕から言わせて貰えば、それも難しいと思う。近くで見ていた人間でも解らないほどの、ホログラフィ映像の技術が使われてるのなら話は別だが」

しゅん、と顔を伏せ、ククリは「そうですかぁ」と甘い声を残してその場を去っていく。その様子を見守っていた曳月が申し訳なさそうに手を合わせ、御陵達の方に寄り添う。

「怒らないであげてね。捜査のこととかは、絶対に外で話さないように言ってあるから。あの子新人だから、興味があって聞いちゃったんだと思うのよ」

「僕は別に大丈夫ですよ。ここでの話は霊捜研での調査がメインですから、警察のことは話さないでも済みますし」

ごめんね、と曳月が最後に一言付け加えて、店の奥の方へと去っていく。

それから二時間程度、曳月の元職場の売り上げに貢献しつつ、それぞれが一様に頭を抱えている。特に御陵の横でウンウンと唸っている吾勝は、さっきからタブレットPCを通して奏歌のライブ映像を――それも同じ箇所を――何度も見返している。

「これ、なんだっけなぁ」

「おい、吾勝。さっきから何をとっと見ゆうが」

脇から顔を寄せて、御陵もライブ映像を確かめる。奏歌の歌ではなく、彼女が登場する以前の会場の様子を映したものだった。

「いや、なんか聞き覚えがあるような、ないような、変な音が入ってて」

吾勝がタブレットを操作して映像を戻すと、薄暗い会場の中でファン達が円陣を組んでいる姿が映った。映像の中で彼らは息を合わせ、自分達を鼓舞《こぶ》するように一様に叫んでいる。

「ああ、ほれよ。ミックスゆうやつじゃ、なぁ、音名井」

思わず振っていたが、音名井からの返事はない。霊捜研の人間にも、自身の趣味は秘密にしていたことを思い出し、御陵はさも自分が知り得た知識のように、吾勝にアイドルの応援の在り方を説いてみせる。

「とまぁ、そういうモンやき、ミックスゆうんはただの合いの手やのうて、ファン同士の一体感、連帯感を高める効果があるちや」

「はぁ、なんかキモいっスね」

純真無垢《むく》な吾勝からの感想は、説明した御陵当人は元より、資料の山で隠れている音名井の方にも効いたようだった。

「ええい、アイツらは真剣なんじゃ。茶化すなや」

「茶化してないッスよ。それに気味が悪くて何度も聞いてたんじゃないです。なんだか変な文言だな、って思って。これって文章化するとどうなるんスか？」

「そりゃ確か、ええと」

――ところが、ところが！　白いショゾクで、白い姿で、降りて、遊べよ！　ジャージャー！


吾勝の方から流れる音声と、御陵が記憶の中で聞いた文言が交差する。

ふと、御陵も奇妙な感慨を得た。

「こりゃあ――」

それに気づいた時、御陵は席を立っていた。

「ミサさん？　どうしたんスか」

「便所じゃ」

そう言って、霊捜研の面子が詰める場を後にし、御陵は一人、店内から抜け出していく。


少し考える時間が欲しかった。

店の外へと出ると、非常階段に続く扉と喫煙所を示すマークが見えた。

今は煙草を持ち歩いていない。しかし昔からの癖で、一人で何かを考える時は自然とそういった場所に足が向く。

扉を開けると、生暖かい夜の空気が体を包む。明日にでも雨が降るのだろう、湿り気をまとった風が頬に当たる。御陵は非常階段の柵《さく》越しに中野の街を眺めた。

東京の夜景は好きだ。そこかしこに人の生活が感じられる。

御陵は大きく息を吐く。思考は得意な方ではない。いつも直感で事態にあたってきた。

そして今、その直感が騒いでいる。

――奏歌よ。

この夜のどこかにいるアイドルに向けて、心中で呟く。真実が見えてきた。しかし、それは不合理に過ぎる。こういう時ばかりは、言葉にするのも憚られた。

「御陵、ここにいたか」

声に振り返ると、店内から抜け出してきた音名井がいた。

「ああ、音名井」

「どうした。何か解ったのか」

その問いかけに、御陵は首を振るでもなく悪童じみた笑みで応えた。

「時に音名井よ。おんしは俺を直感だけで動く人間やと思うちょるやか?」

「なんだ藪から棒に。言われずとも、僕はお前が動物的な直感で生きてると思っているよ。まぁ、それに助けられているのは認めるが」

そうか、と照れくさそうに呟いてから、御陵は何か愉快なことでもあったのか、思い出し笑いのように唐突に声を潜めて笑った。

「俺はな、音名井。通りが良いから陰陽師やら拝み屋やらゆうとるが、故郷じゃと俺みたいな仕事をやっとる人間は博士《はかしょ》ゆうんじゃ。元は平安時代から続く陰陽博士ゆう古い役職の名前が、土地に残って使われたモンよ」

「博士か、お前には似合わないな」

「全くじゃ」

そこで御陵が大口を開けて呵々大笑《かかたいしょう》した。

「けんどよ、博士じゃちゅうて、俺も祖母《ばあ》さんから祭文やら儀礼の手順やら、無理矢理に覚えさせられた。その祖母さんも、前の代から幾千、幾万の祭文を教え込まれた。つまりよ、俺の頭が中にはよ、ざっと数百年分の知識の積み重ねがあるちや」

御陵が頭をつついてみせる。

「博士は災《わざわ》いを鎮めるために、まずその呪詛や祟りの正体を見極め、自分が覚えた幾千の祭文の中から対応するモンを選ぶ。この作業ばぁは知識だけじゃ手こにあわん。やき、そこだけは直感じゃ。現実に起きとる祟りを見て、どう対処すべきか、直感で追わんといかんちや。俺は頭の出来は良くないが、この直感だけはよう働く」

「御陵、お前は何を――」

「陰陽師として、博士として、心霊科学捜査官としての仕事をしようゆうことじゃ」

夜風に御陵のコートが煽られ、その下に納めた呪具の数々が音名井の目に入った。それこそ、この男が受け継いできた呪術の歴史そのもの。

「祟りの正体を見極め、それを鎮める。〝取り分け〟じゃ」

御陵の不敵な笑みに、思わず音名井が身震いしていた。

「さて、答え合わせをせんとならんが、その前に音名井、おんしは吾勝の出身地がどこか知っちゅうがか？」

「お前の方が詳し……くはないな。ああ、知ってるよ。確か青森県だそうだ」

それを聞いた瞬間、御陵が大声をあげて笑い始めた。

「ほうかほうか！　そりゃええ。予想通りよ！」

「おい、なんだ一体」

虚をつかれた音名井に対し、御陵は何も言わず、笑ったまま再び視線を夜の街へと戻す。

「ちくと調べて貰いたい人がおる」

「奏歌の関係者なら、既に大方――」

「違う。別の人物についてじゃ。その人間が、何をしとったのか解れば、全て解けるにかあらん」

気圧《けお》されたままの音名井が、それでも姿勢を正して御陵の後ろ姿を見据えた。

「あとは萩原じゃ。アイツがやっとる、日々野いまの死体から顔を復元するゆうのに、一つ情報を付け加えて貰えれば、すんぐに答えは出るがやろう」

かん、と、下駄が力強く階段を響かせた。

「この一件、げにまっことあやかしい」

御陵が夜の街を睨みつけていた。

第六章――幽霊達の歌

1.

ステージに照明が当たった。

薄暗いライブハウスは無音のままに、誰もいないステージが、そこに立つべき人物を探しているようだった。

「俺はアイドルほど、上手くはやれん」

からんころん、と、下駄が愉快に床を踏み鳴らしていく。暗闇の中から、御陵《みささぎ》の顔がぬうと浮かぶ。

「けんどまぁ、俺もこういう場に立つ時があんねや。呪詛《すそ》鎮めじゃ。祟りの元を辿って、怨霊を〝取り分け〟するがよ。これから俺がやることを、しゃんと見とぉせ」

御陵がコートを翻すと、その下から和服が覗く。拝み屋としての正装。次いで流れるような動作で数枚の紙片を取り出す。式王子。複雑な切り込みを入れられた人形《ひとがた》を、そのまま中空に放り投げると、一部は吸い寄せられるようにステージ上に向かっていく。

「音名井《おとない》は見たことあっつろう」

声をかけられ、暗闇から音名井が姿を現す。ダークスーツに銀縁の眼鏡、革靴の音が御陵の方へと近づく。

「確か幽霊や祟りの正体を確かめる方法だったな」

「そうじゃ。で、そっちは初めて見るがやろう」

御陵が音名井と反対の暗闇に顔を向けると、そこから蝶野《ちょうの》と生石《いきいし》、捜査一課の刑事達が現れる。

「大いに期待するよ。拝み屋君が何を見せてくれるのか。特に彼女に何を告げようというのか」

二人の刑事に挟まれ、その後ろから静々《しずしず》と一人の女性が進み出る。

冷めた眼差し、切り裂くような視線。

西崎嗣乃《にしざきつぐの》、奏歌《かなう》を庇《かば》ったあの女性がそこにいた。

「一体、貴方は何をしようとしているのですか？」

西崎からの問いかけに、御陵はただステージ上で踊る式王子の群れを指差す。

「幣帛《みてぐら》立てよ。あそこにある人物の霊を降ろす」

その言葉に、西崎が一歩身を引いた。この場から離れようとする彼女の腕を、蝶野が強く掴んでいた。

「拝み屋君、霊ってことは日々野《ひびの》いまを呼ぶのか？」

「いいや、違う」

御陵の暗い瞳が、真っ直ぐに西崎を捉えた。

「奏歌の霊じゃ」

西崎が短く呻いた。蝶野の腕に力が入る。

「どういうことだ、奏歌はもう死んでいるとでもいうのか」

「そうじゃな。死んどる。とっくのとうに死んどるがよ」

「それはどこかで死体になっているということか、美野を殺害した罪を償おうとでも――」

ここで突如としてスモークが焚かれる。霊子《りょうし》固定剤の入った、奏歌のライブのためのもの。日々野いまという怨霊の祟りから、身を守るために使われてきたはずのもの。さらに音響が鳴り響く。奏歌の代表曲『Dear my …』のイントロだった。

「ミックスゆうんは、俺はようできんき、俺のやり方でやらせて貰うちゃ」

御陵はステージの方を向き、懐から取り出した数本の古釘を手の中で打ち鳴らし始める。その姿に音名井は、奏歌の歌を聞くファンの姿を重ねあわせて見る。一心不乱に声援を送る者達の影。それがこの時、御陵の背と重なった。

「――どこに姿がいるものか、どこに形がいたものかや。数珠《じゅず》の響きで、向かえる弓の響きではやむけるや」

――ところがところが

「白い装束《しょぞく》で、白い姿で」

――降りて

「遊べや」

――――

その文言が繰り返される。奏歌が歌う際にファンが口にしていた言葉。古釘を打ち合わせる甲高い音に乗って、それを御陵が何度も紡いでいく。

「よう考えたねや。このミックスを広めた人間は誰やか？　大方、社長の神谷《かみや》じゃろう。青森出身で霊感商法をやっとった男じゃ。自分が聞いちょったものを上手く取り入れよった」

「御陵、それはなんだ」

背後から口を挟んできた音名井に、御陵は笑ってみせる。

「イタコ祭文よ。イタコは解るよな、死者の霊を呼び降ろす霊能者。その口寄せが時に使うのが、今の祭文じゃ」

御陵は今も離れて音響を弄っている吾勝に、遠くから合図を送ってみせる。後から聞けば、彼女もまた祖母がイタコの世話になった際に、似たような祭文を聞いたのだという。いよいよ耐えきれなくなったのか、ここで西崎が蝶野に摑まれたまま、その場に頽《くずお》れた。

「アイドルのファンは宗教の信者と同じで、テレシアンゆう脳内物質を作るそうじゃ。それがいな人間達が熱狂の中で呪文を叫ぶ。それは大人数で経を読み上げるのとなんちゃ変わらん」

御陵の声に反応して、ステージ上で白い影が揺れ始めていた。スモークの中で、その影が次第に色を濃くしていく。赤く、赤く、その衣装が照明の中で浮かび上がる。

「口寄せのイタコ祭文を読み上げよったら、後は霊子固定剤を使うて、それが消えんように維持する。元になる霊子は、このライブハウスに残っちょったがやろう。いわば霊子を凝集させて、幽霊を誰にでも見える形で呼び出す呪法ちや」

スポットライトが、その人物を捉えた。

「それが奏歌の正体よ」

白い煙の中から、影が明確な形を作った。

真紅の衣装が翻る。小さなベレー帽の下で、ミディアムロングの髪がたおやかに揺れる。淡いピンクに彩《いろど》られた唇。星を散らしたような大きな瞳。それは幾人ものファンを目の前にするのと変わらない真剣な眼差しで、この場に集まった人間達を見つめていた。

奏歌、あのアイドルがここにいる。

その事実に蝶野はたじろぎ、事情を聞いていた音名井ですら、あまりのことに度を失いかけている。

「御陵、僕はお前から奏歌が幽霊だと聞いた時、最初は信じられるわけがないと思ったし、今も信じがたい。こうして目の前に現れても、生きた人間のように見える」

「だが紛れもなく幽霊よ。これだけはっきりと見せるには、生きている人間の霊子を大量に凝集させないかんちや。俺一人の陰陽術より、何人ものファンが集まってイタコ祭文を唱えた方が、よっぽどに効果があるがやろう」

ふと奏歌が微笑んだ。

本当に生きているかのように、感情を持っている人間としての笑みに見えた。音名井は深く溜め息を吐いて、その事実を受け入れたようだった。

「霊子は人間の脳に作用する。それが視覚を支配し、幽霊を生きた人間として認識させることも大いにある。だが無関係の人間にまで影響を及ぼすなど、予想もできなかった。僕も考えを改めよう。幽霊についても、陰陽術についても、な。霊子科学もまだ踏み込めない部分がある」

音名井が力なく首を振る。それを見た御陵が、今度は奏歌の方に向き直る。

「幽霊にどこまで意思があるのかは俺も知らんき、今は式王子の方に依り憑かせとるだけじゃ。話を聞くことができるかは解らん」

曲は流れ続けている。それでも奏歌の霊は微動だにせず、あれほどに人々の心を掴んでいた歌を口にすることはない。

「奏歌が幽霊なら、俺らの目の前で消えたんも道理じゃ。外に出た瞬間、霊子固定剤の影響が無《の》うなって、空中に霧散しよる。その後になって、警察がどれだけ探しても見つからんのも同じことよ」

「それは解ったが、なぁ、拝み屋君。俺はこれでも一応は幽霊の存在を認めている。だが、ここまでの存在が、人にバレずにいたってのが驚きだ」

蝶野の驚きの声に、今度は音名井が御陵の言葉を継ぐ。

「そこは神谷の誤魔化し方が上手かったんだと思いますよ。〈アバターズ〉は元々、ファンとの接触を避けるユニットでしたし、その売り方を踏襲したことにすれば、実際に触れる機会はなくなります」

蝶野が唸ったところで、床に座り込んだままの西崎がぼそりと口を動かした。

「アイドルというのは――」

西崎が怨み尽くすような視線で、御陵と、そしてステージ上の奏歌を交互に見た。

「アイドルというのは孤独です。ファンの人達が見ているのは、いつもステージで歌って踊る彼女達だけ、自分達が望んだアイドルを演じてくれる誰かがいればいい。まるで幽霊。絶対に触れられないところに彼女がいる。誰だって、その本当の中身に触れることはないんです。だから、その行き着く先は、幽霊でも同じだろう、って」

蝶野が西崎の腕を強く引く。屈み込んで、その顔を鋭い猛禽類の瞳が捉えた。

「おい、それは誰が企図《きと》した」

「そちらの御陵さんが仰《おつしや》るように、社長の神谷ですよ」

舌打ちが聞こえた。尋問すべき相手が、既に鬼籍に入っているのでは捜査一課の出番はない。

「だが待ってくれ拝み屋君。奏歌の正体は幽霊で、神谷がそれを利用していた。だがいつからだ、一体いつ、奏歌は死に、幽霊として歌っていた？」

「最初からよ」

呆気にとられた表情の蝶野に、御陵が意味ありげな表情を作る。

「日々野いまの祟りちゅうて、各地のライブハウスで怨めしそうにステージを見る霊が目撃されとった。そして奏歌は、そんな日々野いまの無念を晴らすためにステージに上がり、それを機に幽霊が現れることも無うなった」

「それこそ奏歌にまつわる噂話だろう」

「逆じゃ。順序が違うねや。奏歌が歌うことで、ライブハウスに出る幽霊が消え、祟りが鎮まったわけやない」

暗闇の中で、蝶野が顔をしかめた。

「ライブハウスに出る幽霊をステージに上げたから、祟りが鎮まったんじゃ」

御陵が言い遂げた後、音名井が蝶野の方へ近づいて自身のスマートフォンを差し出す。

「これは霊捜研で調べていたものです。二年前の日々野いまの自殺事件、その死体の顔を復元した想像図ですが――」

音名井からスマートフォンを受け取った蝶野が、そこにあるものを見て顔色を変える。

そこにあるものを音名井が初めて見た時には、思わず資料を取り落としたが、さすがに一課の刑事が取り乱すことはなかった。

「なんだこれは。これは――奏歌の顔じゃないか」

死体の人相の復元図として画面に表示されていたものは、今この時、ステージに立つ奏歌の顔そのものだった。

「その死体は岩田公香《いわたきみか》ゆう、アイドルをやっとった少女のモンじゃ。俺達は日々野いまが自殺したゆうのを聞いて、その岩田が日々野いまやと思っとったが、それが過ちよ」

御陵が歌うように朗々と真実を告げる。

「岩田公香こそが、天野《あまの》かな――つまり奏歌じゃ」

ステージの方を見る。そこには変わらない姿で――それは、ともすれば永遠に――立つアイドルの像、奏歌がいた。

「一体、どんな理由があって自殺しよったのか、それはあそこにおる霊に聞いても解らん。俺らが知ることができるのは、あの完璧に思えた奏歌でさえ、自ら命を絶つだけの悩みを抱えて、そして多摩川に身を投げたゆうことだけじゃ」

ここで曲が終わった。

ライブハウスに静寂が戻ってくる。ステージから奏歌の霊が、寂しげな目で、御陵達を見つめている。

沈黙を打ち破ったのは、蝶野の笑い声だった。

「それじゃ何か、俺も君らも、日々野いまの祟りなんていうものに踊らされていたわけか。自殺したアイドルの祟りの正体は、なんのことはない、そこにいる奏歌そのものが引き起こしていた！」

音名井が蝶野からスマートフォンを受け取る。僅かな明かりが、顔を覆って笑う蝶野の姿を照らした。

「奏歌がライブを行っている会場は、全て以前のユニット時代に公演したことのある場所でした。彼女の死後、残された霊子はライブハウスに強く留《とど》まり、地縛霊《じばくれい》として現れていたんです」

「それを知った神谷が、再びアイドルとして売り出すために利用した。イタコだかなんだかの呪文を使って霊を呼び出し、自殺したのが日々野いまだという噂も流し、奏歌を親友のために歌う悲劇の歌姫として仕立て上げた。なるほど神谷という男は、プロデューサーとしては優秀だな」

「それ以上に、とんでもない業突《ごうつ》く張《ば》りだと、僕は思いますよ」

音名井からの返事に、蝶野は口角を上げて応えた。続けて自身の腰元を探ると、鈍く光る手錠を取り出す。

「奏歌は幽霊だった。神谷の死は祟りによるもので、美野雪を殺害したのも彼女なんだろう。幽霊ならば時間も場所も関係ない。アリバイなどあるわけもない」

蝶野が手錠を音名井に預けた。

「こうなった以上、一課の出番はない。後は幽霊専門の〝踊り場〟に、零課の君に託そう」

蝶野が手をひらひらと振る。音名井は手にした手錠の重さを確かめつつ、御陵の方を一《いち》瞥《べつ》する。

「音名井」

「解っている。だが幽霊を逮捕するのは、零課の、僕の役目だ」

そう言って、音名井はステージに向かって歩み出す。対する奏歌は声を発することもなく、ただ静かにその時を待つ。

「こんな形で、アイドルと同じステージに上がるとは思わなかったよ」

その小さな呟きが、御陵に届いた。

ステージに立った音名井が、対峙する奏歌の霊を強く睨む。

「奏歌、いや岩田公香。君は祟りによって、多くの人々を死に追いやった。その罪で
——」

音名井が降ろした手錠は、奏歌の手をすり抜ける。彼女が幽霊であることの実感が、全ての者に伝わった。

「——逮捕する」

音名井が告げると、奏歌の霊は悲しそうに目を伏せ、その場で深く頭を下げた。その様子を、御陵も蝶野も見守っている。

奏歌の霊が頭を上げた時、そこにアイドルとしての姿はもうなかった。一人の少女の影が、白くぼやけて空中に溶けていく。悲しみか、憐れみか、消える間際に口を開いた奏歌は何かを伝えようとしていた。

ステージにかかる照明が小さく明滅した。

後には一枚の式王子だけが残っていた。

御陵がそれを回収するために、音名井と代わる形でステージに近づく。二人が交差する瞬間、音名井が小声で、御陵に奏歌の言葉を伝えてきた。

「一緒に、だそうだ」

「解っとる」

御陵はステージ上の式王子を拾い上げると、振り返って蝶野達の方を見据えた。

「ああ、蝶野。アンタ、一つ思い違いしとるちや」

「あぁ？　そりゃどういうことだい」

「俺は前に、自動車に憑いた怨霊の事件を扱ったことがある。その霊はよ、シートベルトをつけずに事故死した女じゃ。以来、何度もシートベルトをつけようとするが、それが叶わないでいた」

「それが一体なんだっていうんだ、拝み屋君」

「やき、霊は物に干渉できんがよ。さっきの手錠もそうじゃ。霊は物に触れられん。そがいな霊が、どうして美野を絞殺できらいでか」

「それは」

蝶野が何か言おうとした瞬間、その背後で悲鳴があがった。

それと共に何者かが駆け出す音が響く。御陵が飛び出した時には既に遅く、そこにいたはずの西崎はおらず、遠くで重い扉が開く音が聞こえていた。

「生石！」

蝶野がうずくまる生石を助け起こしていた。目を狙って殴られたらしく、痛みを堪えて唸っている。彼が捕まえていた西崎から不意打ちを受けたようだった。

何も言わず、音名井が走り出していた。

「拝み屋君、彼女は」

後を追って駆け出そうとする御陵に蝶野から声がかかる。油断していたことの後悔から か、その視線を鈍らせている。

「捕まえないかん」

手の中で、式王子が激しく震えていた。

「あの女が、日々野いまじゃ」

2.

雨が降っている。

あの時も同じだった、と、その女性が亡き親友のことを思い出す。

タクシーを降り、女性は暗い夜道に出る。青梅市まで出れば、既に都心の喧騒は遠く、人家の明かりもない。運転手から傘を使うよう勧められたが、彼女は曖昧な笑みを返すだけ。

女性は一人、多摩川に向かって歩き続ける。雨粒が体を濡らすのが不快だったが、これからのことを思えば無意味に感じる。

調布橋の方まで歩いてから、適当な柵を乗り越えて河川敷へと出る。一つだけ灯った照明が、暗い川の縁を浮かび上がらせている。長引く雨によって川は増水し、轟々《ごうごう》と不気味な音を響かせている。女性はふと、自分の血管の中を流れるものが、それと同じ音を立てているような感覚を得た。

こっちに来て。

声の方を向いた。

川の中央に、荒れ狂う水の流れに半身を浸した親友の姿があった。真っ赤な衣装ではなく、見慣れたいつもの白い上着に紺のジャージ姿。葬儀の時だって、もっと上等なものを着ていたじゃない、と冗談めかして女性が笑う。

女性が河川敷を進む。足の先が黒く澱んだ川の端に触れる。飛び散る飛沫《しぶき》か、空から打ち付ける雨か、既にその境も曖昧模糊《あいまいもこ》となり、自分がどこに立っているのかすら判然としない。

こっちに来て。

優しく声がかかる。変わることのない笑顔を湛《たた》えて、彼女が自分を待ってくれている。それだけで救われた気持ちになれた。女性の胸に感傷が溢れるほどに、体を浸す水の量は増えていく。

「待っててね」

親友の周囲に無数の白い手が伸び始めた。

まるでクラゲのように、それらが揺らめいて光の波を作る。その光景には見覚えがある。自分のためにペンライトを振ってくれる多くの人々。あれほどに欲しかった風景が、こんな場所にあるとは。

女性の周囲を白い手が包み込む。そのまま抱かれるように、女性は暗い川の中へと入っていく。

「――咎《とが》本次第、打ちつめる。けんばいやそばか。魂魄みじんと打ちつめる」

突如、雨音に紛れて声が響いた。

雷光が走るように川面を衝撃が伝い、女性を覆っていた手が霧散する。その様子を呆然と眺めていると、女性の背後から、ざぶざぶと水を掻く音が聞こえ、次の合間には力強く河川敷へと引き戻されていた。

照明が雨を千切れたスクリーンのように照らしている。その下に、二人分の影がある。

「あれはよ、奏歌やない」

女性は自分を引き上げた男の姿を見る。ずぶ濡れのコートに、くたびれた麦わら帽子。

水を含んで膨れた和服から水滴が下駄へと伝っている。

「川で死んだ霊達よ。中には奏歌もおるかもしれんし、自殺しよったファン達もおるがかあらん。けんど、そいつらがアンタを引き入れようなんぞ、するかよ」

男が、御陵清太郎《せいたろう》が、西崎嗣乃の冷えた体を抱き留めている。

「私は」

「死んで詫びるか？　それとも奏歌と一緒になるつもりやったか」

全てを見通す御陵の瞳を恐れ、西崎がその身を離した。

「誰に、聞いたんですか」

「誰にも聞いとらん。強いて言えば、まぁ、奏歌、岩田公香本人よ」

御陵が懐に手を入れ、水に濡れた式王子を取り出す。さすがにところどころが破けているが、未だにその形は保っている。

「アンタが、日々野いまじゃ」

西崎が唇を震わせて、御陵の方をジッと見つめる。

「本当の名前は井関詩穂《いぜきしほ》。ずっと奏歌のプロフィールに使われとった名前じゃ。年齢も二十八やのうて、まだ二十歳じゃろう。大方、神谷が奏歌のプロフィールと入れ替えて使えるようにしたがやろう。顔はどうした、整形やか」

眼鏡を外しながら、西崎が自分の頬を撫でた。

「これは別に。ただ単純に、綺麗に、なりたかったから」

西崎が眉をひそめる。その憂《うれ》いを帯びた表情は、確かに人から褒めそやされることもあるだろう。しかし御陵は、以前に写真の中で見た、日々野いまの素朴な笑顔こそ愛《いと》おしいと思えた。

「アンタは井関詩穂で、日々野いまで、西崎嗣乃じゃ。顔も名前も、経歴も変えてまで、アイドルゆうモンによう連れ添ったな」

「夢だったから」

その呟きは、心からのものと思えた。

御陵は砂利の上に腰を下ろすと、スマートフォンを取り出し、そのまま近くで捜索を続けている音名井を呼び出した。

数分もかからずに、傘と懐中電灯を携えた音名井が河川敷に現れ、水に濡れたままの二人に複雑な表情を向ける。

「御陵……」

「おう、ちくと待ちや。俺は少し、この西崎と話したい」

そう言う御陵に対し、音名井は何も言わず予備の傘を差し出すと、自分は西崎の横について、降りしきる雨を遮《さえぎ》った。

「西崎よ、アンタは社長の神谷を殺した」

その問いかけに、西崎はただ身を強張らせているだけ。

「自白せんでも、アンタを調べれば《怨素》が検出されるがやろう。神谷のやない。神谷の部屋で死んどった、小さなネズミの《怨素》じゃ。霊捜研はそんな些細《ささい》なものでも調べ尽くすがよ」

それを聞いて、西崎はフッと表情を緩めた。

「凄いですね。そんなもので犯罪が立証されてしまうなんて」

西崎の呟きは自分の罪を認めるようでもあった。御陵がそれを見て、静かに口を開いた。

「アンタは事務所を出よる前に、一階の外、地下の部屋の窓がある場所にドライアイスを詰めた箱を放置した。時間がくれば、それが溶け出して部屋に二酸化炭素を充満させる。神谷は何も知らず、睡眠薬を飲んで眠りにつき、そのまま死ぬ。後はアンタが翌日に出勤し、仕掛けを回収して窓を閉めれば終わりじゃ」

「何度も実験しました。確実に殺せるように、何度も」

怨みを含んだ強い眼差しが、御陵の首筋を捉えた。

「アンタが面倒な方法を選んだんは《怨素》を残さんようにするためやか。よう思いついたな」

「彼女は、独自に死生学と《怨素》について学んでいたようだ。奏歌の部屋、というより本来の持ち主である彼女の部屋から、それに関する本が何冊も見つかっている」

音名井が告げると、西崎が薄い笑みを浮かべた。

「本当は、あの子の怨みを晴らしてあげたくて、勉強を始めたんです」

西崎が荒れ狂う川を見やる。そこには既に何者の影もない。

「人は死ぬとどうして《怨素》を残すのか。どうすれば《怨素》をなくすことができるのか。あの子の、かなの怨みを消してあげたかった」

「その果てに美野殺しの罪をかぶせたんは、道理じゃなかろう」

西崎の目がきつく結ばれる。涙を流しているのか、それとも雨の雫が頰を伝ったのか、それは誰にも解らない。

「御陵、奏歌が幽霊だったのは解った。だが僕もまだ解らないことがある。どうして美野の《怨素》は西崎さんからは検出されず、奏歌から検出されたんだ」

「それも簡単な答えよ。《怨素》ゆうんは、死ぬ間際に殺した相手のことを強く思うがやき現れるモンよ。ただし殺された側が、その相手をずっと誤認しとったなら、話は別じゃ」

「誤認……」

「言っとったがやろう。大塚のライブハウスで従業員が奏歌の歌を聞いたゆうて」

「ああ、そうだ。従業員の人は歌を聞いて、奏歌が来ているのだと思って——いや、待て、御陵、それはまさか」

「ほうよ。奏歌の歌は全部、この女性が歌っとったものよ」

音名井が傘の下で微笑む西崎を見つめる。その視線に気づき、彼女は瞬時に満面の笑みを作ってみせた。今まで見たこともない、愛くるしいアイドルの表情。

「そうなんです！　これからも私の歌、聞いてくださいね」

声音を変えた西崎の口調は、今まで奏歌の声として聞いてきたものと寸分違わず同じだった。

「そんな、それじゃあ今まで」

たじろぐ音名井に西崎が顔を向ける。その冷淡な笑顔は、奏歌とはかけ離れている。しかし、そこから発せられる空気は、ステージ上で歌う奏歌と似通っていた。

「奏歌の声で話しかけ、奏歌の衣装を着て、美野に背後から近づいたがよ。暗いライブハウスの中なら顔もよう見えん。美野はずっと、それこそ死ぬ間際まで、自分が話しちょる人物が奏歌だと錯覚し続けたねや」

「その場合《怨素》はどうなる？」

「やき《怨素》は、他人が取り込んだ霊子が変化した物質じゃ。奏歌は幽霊やが、霊子は存在しちょる。それと結合した美野の霊子が《怨素》に変化するがよ。奏歌の衣装や写真なら、楽屋に置かれておったがやろう。美野がその近くに行けば、美野の霊子と奏歌の霊子が混じり合うことになる」

御陵の説明に音名井が重々しく頷いた。

「それじゃあ西崎さん、貴女はいつから、一体いつから奏歌の声を演じていたというんだ」

「ずっと、よ」

冷たい声音に戻し、西崎が吐き捨てるように呟く。

「ずっと、ずっと。かなと二人、〈アバターズ〉でデビューした時からずっと、あの子の歌は私が歌っていた」

西崎が上を向く。自分達を照らす僅かな光源を睨みつける。

「あの子ね、かなはね、音痴だったの」

「音痴って、そんなことで」

「そんなことじゃない。大問題」

西崎は立ち上がると、傘の下から一歩踏み出して、照明の真下へと向かう。雨に体を晒しながら、ステージに登るように、一歩一歩、西崎が歩んでいく。

「天野かな。類いまれな美貌に天性の愛嬌、アイドルをやらせれば誰だってあの子になびく。だけど、そんな彼女の唯一の欠点が、歌が下手ってことだった。対して私は、容姿には恵まれなかったけど、代わりに歌が得意だった。かなと二人で、いつも練習していた。

私があの子の容姿を羨《うらや》んだように、あの子は私の声を羨んだ」

「それで、神谷は考えたちゅうわけか」

「そう。どうせステージで歌う時にはマイクを通すから、どっちが歌っているか区別はつかない。そう言って、プロデューサーの神谷は、私と天野かなの歌声を入れ替えて使っていた」

〈アバターズ〉というユニットはファンと交流しない。

それは喋ることで、どちらが歌声の主か判明してしまうから。それを隠すために、神谷は最初から二人をファンから遠ざけた。その事実が御陵の感情を重くさせる。

「私はずっと、天野かなとして、奏歌として歌ってきた。沢山の人達が、奏歌の歌声に魅了された」

雨粒の一滴一滴が、西崎の体を貫《つらぬ》くように降り注ぐ。

「確かに〈アバターズ〉にとって、醜い私は必要なかったのかもしれない。だけど、あの子も私から離れられない。あの子の人気は、私の歌が作ったものだもの。それは幽霊になっても変わらない。神谷が彼女の自殺を知った時、最初にこう言った。今度こそ君は本当の奏歌になれる、って」

それは間違いではなかったのだろう。幽霊となった天野かなは歌声を聞かせることもなく、その裏でいつも西崎が歌っていた。録音の時もあれば、楽屋などでライブ会場を見ながら、MCで声を当てていたこともあるだろう。

「幽霊のゴーストシンガー、か」

音名井が力なく呟いた。

「それで西崎さん。貴女が神谷を殺したのは、そういったプロデュース方法に対する怨みですか」

「そうね。それが一番大きい。だってそうでしょう、私はいつまで経っても天野かなのゴースト。あの子が死んで、幽霊になっても、それでも私は前に出ることを許されない」

砂利が踏み込まれた。御陵が傘を放り捨てて前に出る。

「違うな」

御陵の声に、西崎が怯えるように肩を震わせた。

「アンタが神谷を殺そうと思いよったがは、例のCDに幽霊の声が入り込んだからじゃ」

「あの日々野いまの声……、いや、違うか、あの声の主は」

「ほうよ、本物の天野かなの声じゃ」

日々野いまの祟りと目されてきたものは、確かにその影を失った。しかし、CDに入り込んだ声を聞いて自殺を遂げた者達がいるのは事実であり、その条件もまた変わらない。

つまり、生前の日々野いまに会った人間ではなく、生前の天野かなに会った人間が自殺を遂げる。

「アンタが殺したかったがは、神谷だけじゃない。自分の過去も、消してしまいたかったがやろう」

御陵がさらに一歩、西崎に近づいた。

「アンタは知ったはずちや。心霊CDを聞いた人間が自殺する、それもかつての自分達を知る人間ばかりが自殺する。やがて日々野いまを知る人間はこの世から消え、奏歌の入れ替わりには誰も気づかん。後は神谷を殺せば、自分と奏歌の真実を知る者はいなくなる」

それは、と、西崎が口籠《くちご》もった。

「そうなんですね、西崎さん。だから貴女は、日々野いまの過去を知ろうとする美野雪を殺害した。だけれどそれは、あまりに短絡的な答えだったんじゃないですか？」

「貴方には解らない」

降りしきる雨の中、照明の下で、強い調子の西崎の言葉は、奏歌の声となって響いた。

少しの間、三者に無言の時が流れる。それを厭《いと》うように、御陵が深く長い溜め息を吐く。

「アンタは、奏歌になりたかった」

御陵の言葉に、西崎は顔をしかめる。

「神谷を殺した時か、美野を殺した時か、いつ考えよったかは俺には解らん。けんどよ、アンタの思いゆうモンは解る」

「何を――」

「アンタは奏歌になりたかった。奏歌に殺人の罪をかぶせて、アンタはそれと同時に多摩川で自殺する。後はそのまま時期がくれば、身元の判別もできん死体が上がる。傍目《はため》からすりゃ、罪を償うために奏歌が命を絶ったように見える」

そうなれば、やがては死体に残った霊子の鑑定で、自殺者の身元が本物の井関詩穂だということが解る。奏歌の経歴は彼女のものを使っていたのだから、元に戻るだけとなる。天野かなと日々野いま、岩田公香と井関詩穂。二人の捩《ねじ》れた関係は、死ぬことでようやく一つになることができる。

後に残るのは、ただアイドルとして輝き続けた奏歌という存在だけ。

「アンタは奏歌というものになるためなら、どれだけの人を殺《あや》めても良いとさえ思ったがやろう。絶対的なアイドルになる。それが、それこそがアンタを衝《つ》き動かした――」

御陵が強く西崎を見据えた。

「祟りの正体よ」

西崎が息を吐いて、ゆっくりとその場に膝をつく。

「私ね、怨んでるのは自分だけだと思っていた」

雨に濡れるのも厭わずに、砂利に痛むのもかまわずに、その場で天を仰いだ。

「私一人が、かなや神谷のことを怨んでるのなら我慢できた。醜いってなじられても、歌だけを利用されても、日々野いまを祟りの材料に使われても我慢する。でも、違った。あの子も怨んでいたのよ。容姿だけ褒められて、歌は必要ないって言われ続けた」

天野かなも本当はアイドルとして歌いたかった。その思いが強ければ強いほど、それが叶わないことの苦痛は増えていったのだろう。

「私は何度も、あの子の悩みを聞いてたはずなのに、彼女が生きてる間は取り合わなかった。あの子の声がCDから聞こえて、ようやく気づいた。あの子が死んでから、私は初めてあの子の気持ちを理解できた」

奏歌、天野かなと日々野いまは、心からの親友だったのだろう。

アイドルになりたい。二人で同じ夢を見ていたはずだ。それは願いであり、やがて呪詛となり、祟りへと変わってしまった。

その終着として、この女性は再び一つの奏歌という存在になることを望んだ。人々の間に満ちた《怨素》を抱え、アイドルの肖像を死後も演じきるために。

「ねぇ、霊捜研の人。少し聞いてもいい？　あの子は、かなは私のことを怨んでる？　あの子の《怨素》は、私に憑いてる？」

弱々しく立ち上がった西崎が、祈るように胸に手をやる。その様子は、ステージ上の奏歌とよく似ていた。

「俺が見る限りじゃ、アンタから《怨素》は感じられんちゃ」

「嘘よ、嘘、かなは私を怨んでいたはず。いつも私の歌と比べられて、悔《くや》しがってた。私が彼女の容姿を羨むのと同じ、苦しくて辛くて、いっそ死んでしまおうって何度も思った。だから、あの子も一緒なの。あの子はたまたま私より先に自殺してしまっただけ、もしかしたら私が先に自殺していたかもしれない」

「そんなに言うなら、アンタが自分で聞くんじゃな」

そう言って、御陵は取り出した式王子を雨の中に晒す。

「おい、御陵、それは零課で保管する……」

「気にすなや、どうせ全部のライブハウス回って、他に残った霊子も回収するがやろう。一枚くらいええやろ」

音名井が何も返せずにいるうちに、御陵が短く唱え言を紡ぎ、式王子を中空に放る。それは風に乗りながらも、雨粒に打たれて次第に地面に落ちていく。

式王子が砂利に触れた時、西崎がそちらへ一歩踏み出した。

「かな……」

雨煙の中、白い影が茫々《ぼうぼう》と浮かび上がる。

輪郭《りんかく》だけが常に薄衣《うすぎぬ》をまとうようにぼやけ、この世との境をなくしている。やがて影が一度大きく揺らめき、形を鮮明にしていく。式王子を依代にして、奏歌——天野かなが姿を現した。

「その霊は、なんて言うちょる」

「解らない、ずっと、かなは同じ言葉を繰り返してる」

こっちに来て。

その声が御陵にも聞こえたようだった。

「あのCDに入った声と同じ。かなはきっと、私を連れていきたいんだと思う。私を、あの世に——」

「そりゃちと早合点《はやがてん》じゃ」

西崎が顔を上げる。光に照らされた雨滴がフィルムノイズのように視界を滲ませる。天野かなの霊が、心配そうに彼女を見つめていた。

「音名井よ、おんしはさっき、あの霊を逮捕しよった時に声を聞いたよな。なんて言うちょった」

「一緒に、と言っていた」

「こっちに来て、一緒に。その霊はそう言うとる」

天野かなの霊が、微笑んだように見えた。西崎も、その言葉の意味に気づいたのか、途端に顔を歪める。

「その霊はよ、ずっとステージの上におった。そんな霊がこっちに来て言うんがやったら、その意味は一つじゃろう」

こっちに来て、一緒に——歌おう。

「怨んどるのとは違う。その霊はずっと、アンタと並んで歌いたかっただけじゃろう」

雨音に混じって、西崎の嗚咽《おえつ》が漏れ聞こえる。

「僕は」

音名井がふと声をあげた。

「僕はアイドルをいつも外から眺めているだけの人間で、いざステージの上に立つ君達の心を理解できるかといえば、必ずしもそうじゃない。だから今は、一人の刑事として伝えるしかない」

音名井は手錠を取り出すと、それを掲げて西崎の方に歩み寄る。

「僕は零課の人間として奏歌を逮捕した。それは神谷と美野を殺した容疑からじゃない。祟りの主として、多数の人々を自殺に追いやった罪のためだった」

捜査零課の手法については、御陵も詳しく知っているわけではなかったが、それでも特殊な状況にあることは理解している。逮捕した幽霊は罪を明らかにした後、零課所属あるいは協力する霊能者がしかるべき手段で存在を抹消するのだという。

「奏歌の、天野かなの罪は幽霊として清算して貰いますよ。だから西崎さん、貴女は生きた人間として、自分の罪と向き合ってください」

音名井が、真正面から西崎を見据える。

雨雫、そして光の下で、西崎が、深く、静かに頭を下げた。

「最後に一つだけ、お願いを聞いてください」

「なんじゃい」

「歌を、彼女が消えるまで、一緒に歌を歌わせてください」

それを聞いて、御陵も音名井も頷いた。それを断る者は、この場にはいない。

未だに雨はやまず、暗い夜空に厚い雲の影。しかし、西崎嗣乃は、日々野いまは、全身を濡らしながらも、たった一つのスポットライトの下で彼女と並び立つ。

「けんどよ、天下のアイドルのライブに観客が二人ちゅうんは、ちくと寂しいがやろう」

そう言うと、御陵はコートの内に手を伸ばし、両手に一杯の式王子を摑み取っていた。

「音名井よ、これから俺がすることは外法《げほう》も外法、大外法じゃ。霊捜研の奴らには黙っといてくれや」

「おい、御陵、何を――」

音名井が聞くより早く、御陵は式王子を空中に放り投げる。それらが背後の暗く澱んだ川へと向かっていく。

「――氏子仲場の五尺の体に御縁をかけて、引きや曇いてよも候とも、黄金の花べら花みてぐらへ、さらさら呼びや集め、千丈広野が奥へ、御引きのけを頼み参らせる」

御陵が唱え終わると共に、川に落ちた式王子達が次々と白い影をまとっていく。沸き立つ煙の向こうから、白い手が次々と伸び、それらが大群衆のように川面に溢れていく。

「自殺したファンの霊子も、この川には残っちょる。そいつらが、奏歌の為にこじゃんち集まりよる。そいつらの供養も兼ねて、呼ばせて貰ったがよ」

雨音を裂き、大歓声の如く、寄り集まった霊子のひしめき合う音が響いた。幽霊達が白い影を作って揺れ動く。その様は、ライブ会場を覆った無数の光よりも幻想的で、なお悲しげに輝いて見える。

音名井が顔を背けた。ただ息を深く吸い、何かを堪《こら》えているようだった。一人のアイドルファンとしても、目の前の光景にこみ上げるものがあるのだろう。

「これが陰陽師、御陵清太郎の力、か。これだけの技を霊捜研で活かせるのなら、覚然坊《かくねんぼう》阿闍梨《あじゃり》も浮かばれるだろう」

「まだ生きとる言うつろうが」

雨の中で御陵が晴れ晴れしく笑う。そうして無数の霊魂を従えて、陰陽師が西崎の方に向き直る。

「アイドルゆうんは、幽霊みたいなモンよ。ほんまに伝えたい声なんぞよう届かん。けんどまぁ、それでも中には、しゃんと聞ける人間もおるゆうことじゃ」

御陵が踏み出し、下駄が強く砂利を弾いた。

「さぁ、奏歌の、この世最後のライブといこうや。存分に歌っとぉせ」

御陵の声を聞き、二人のアイドルが互いに向き合って微笑みを交わした。

「聞いててね」

共に歌うことを願っていた少女。やがて雨に濡れた式王子が破れるまでの間、一人の人間と一人の幽霊が、その夢を歌い上げる。

私の大切な……。

エピローグ

それからしばらくして、奏歌《かなう》のラストシングル『Wish』が発売された。

この新曲は、祟り事案《インシデント》を防止する目的で作られたもので、歌の最中に、聞いた者の霊《りょう》子《し》結合に影響を及ぼす――具体的には狂信的なファンの脳に形成されたテレシアンを中和する――のだという。脳内物質の組成を解析した曳月《ひきつき》などは「頑張りました！」と意気揚々とのたまうが、実際にそれを音に変換し、CDに取り込んだのは吾勝《あがつ》であり、これについては大いに不満があるようだった。

しかし、この新曲を奏歌が人前で歌うことはついになかった。

西崎《にしざき》は勾留中のまま、この歌を録音し、また既に各地のライブハウスに残っていた天野《あまの》かなの霊子も回収されていた。もはや奏歌がステージに立つことはなく、CDだけがいくつかの地下アイドルのライブ会場で売られるのみとなった。

奏歌のファン達は、彼女の引退の真実を知ることもなく、ただ目の前から消えたことを惜しみながら、多くがこの曲を聞く。そうなれば、やがて彼らも、あの熱狂から覚めることだろう。一部は別のアイドルを追いかけるかもしれないし、一部は全く別の趣味に乗り換えるのかもしれない。

残されたのは、奏歌という、人々を虜《とりこ》にした天性のアイドルがいたという記憶。そして、その彼女が人々の前から忽然《こつぜん》と姿を消したという事実だけ。

※

御陵《みささぎ》が誰もいなくなったライブハウスで、一人佇んでいる。

霊捜研の所員一同が駆り出され、奏歌のＣＤの手売りをするという仕事に追われていた。この慣れないどころか、慣れたくもない仕事も、ようやく一段落つき、あとは数軒のライブハウスを回るだけだった。

「あっ、刑事さん、はっけーん」

背後からかけられた、殊更に明るい声の主を見て、御陵はできるだけ朗らかに笑ってみせた。

「私達のライブ見たかった？　残念だったね、もう終わっちゃったよ」

ラフな装いに着替えた真白《ましろ》ひかりが、からからと陽気な声をあげる。

「まだ目が腫れちょる」

「えっ、嘘!?　ちゃんと化粧で隠したのに」

「嘘じゃ」

無言のまま、柔らかい拳が御陵の肩を叩いていた。

「アンタらのライブを見たかったゆう方は、本当ちゃ」

「調子良いなぁ、もう」

真白が目元を拭いながら、それでも気丈に微笑んだ。

「これから、アンタらはどうする」

「どうもしないよ。アイドル活動は続ける。キューティラボラトリーも続ける。ゆきにゃの分も、もっと、もっと、たくさん歌っていくよ！」

「強いな」

「強くないよ。でもアイドルだもん」

屈託のない笑みが、御陵を捉えた。

「私は泣かないキャラだから、こういう時も泣かないの。でも誤解しないでね、我慢してるとか、辛いとかはないよ。私は本当の弱い私を隠せるから、アイドルの仕事が好きなの」

「それを強い、ゆうねや」

真白は「ありがと」と一言だけ返し、笑顔を崩すことなく、馴れ馴れしく御陵の胸に手を置いた。

思いがけない接触に御陵が動揺した瞬間、真白の手が麦わら帽子を奪い去っていた。

「やっぱり」

「何を――」

「刑事さんって意外とイケメンだよね。昭和の俳優さんって感じ」

思いもよらない言葉に御陵が目を白黒させていると、真白は手にした麦わら帽子を振り回しつつ、一度だけ真面目な表情を見せる。

「この業界って、色んな人がいるよ。綺麗事だけじゃない。裏では悪口ばっか言う人もいるし、ファンの人だって嫌な人も怖い人もいる。アイドルなんて嘘っぱちで、みんな、ファンの人が望んだアイドル像を必死に演じてるだけ。私だって同じ。でもね、ゆきにゃは違ったよ。あの子は、本当に心の底から優しい子だった」

「知っとる」

「さっすが、ゆきにゃ単推し！」

御陵が声をあげて笑うと、それに釣られるように真白も快活な笑みを送る。やがて少しの間を置いてから、彼女は御陵の手を強く握った。

「だから、忘れないであげてね」

それだけ言い残すと、真白は次の仕事があると言って、麦わら帽子を投げ渡してから、そそくさとその場を後にした。最後の言葉を強く嚙みしめながら、御陵は無人のステージを仰ぎ見る。

あの場所で歌って踊っていた美野の姿を思い出す。

たどたどしい足元、強張った表情。一所懸命さだけが滲み出ていた。不思議な親近感を覚え、気づいた時には他のファンと共に、彼女を応援していた。

もしも、彼女が幽霊となって再びステージに上がったなら。

御陵は麦わら帽子をかぶり直し、力なく首を振る。

彼女の生は終わった。それを誤魔化すことなどできない。此岸《しがん》の人間にできることは、向こう側に行った人間を、ただ忘れずにいることだけだ。

「俺は、アンタと会えて良かった」

御陵がふと口寂《くちさび》しくなった時、背後に人の気配を感じ、そちらを振り返る。そこには神妙な表情でこちらを窺う音名井《おとない》の姿があった。

「盗み聞きか。早々《しゃんしゃん》に出頭せぇ」

御陵からの冗談を受けて、音名井は小馬鹿にするように笑ってみせる。

「よく憎まれ口を叩けるな。疲れてるだろうお前に、わざわざ差し入れを持ってきたというのに」

そう言って、音名井は手にしていたコンビニ袋から煙草の箱を取り出すと、御陵に押し付けてくる。

「こんなものしか思いつかないが、今回の礼だ」

「あ、ああ？　おう、すまんな」

「言っておくが、お前の好みの銘柄なんかは解らん。僕の父親が吸っていたのと同じものを選んだだけだ」

音名井から受け取った煙草の銘柄を見て、御陵が心底可笑しそうに口角を釣り上げた。

「ガラムか！　おんしの親父《おやじ》さん、けったいな趣味しとるが、俺とは合いそうじゃ」

「それで良かったのか？」

「おうとも。俺はこの抹香《まっこう》臭い煙草が好きちや」

「ちなみに僕は、その臭いが大嫌いで嫌煙家だからな。僕の目の前では絶対に吸うなよ」

御陵は煙草の箱を取り回して、意味深に微笑んだ。

「俺も本当は嫌煙家よ」

「なら何故吸うんだ」

「幽霊ゆうんは煙草の煙を嫌うき、野良陰陽師をやっとる時には手放せんかったがよ。あとはまぁ、線香代わりにな。霊を祓った後は、一服して煙を天に届かせる。この煙を目印に、無事にあの世へ旅立っちょくれ、そう思うてな」

御陵が煙草を吸うふりをして、口元で指を動かす。

「とはいえ、俺が今送りたい幽霊は未成年やったきに、さすがに煙草の煙で送るなんてことはようできん。これは大切に貰っとくわ」

煙草の箱をしまうと、御陵は下駄の音を響かせて歩き始める。まだ仕事は詰まっている。霊捜研に帰ってからも、残った資料を仕分ける必要があるだろう。

ふと、出入り口に向かって歩いていた御陵が立ち止まり、音名井の方を振り返った。

「ところで音名井、俺が煙草を吸うって、よう解ったな」

音名井が眉を上げ、小さく鼻で笑う。

「刑事の勘だよ」

〈参考文献〉

・『いざなぎ流式王子　呪術探究』斎藤英喜　新紀元社　2000年
・『いざなぎ流　祭文と儀礼』斎藤英喜　法藏館　2002年
・『いざなぎ流御祈禱　第二集』髙木啓夫　物部村教育委員会　1980年
・『いざなぎ流御祈禱　第三集』髙木啓夫　物部村教育委員会　1986年
・『いざなぎ流御祈禱の研究』髙木啓夫　高知県文化財団　1996年
・『憑霊信仰論』小松和彦　講談社学術文庫　1994年
・「『いざなぎの祭文』と『山の神の祭文』いざなぎ流祭文の背景と考察」小松和彦（五来重編『修験道の美術・芸能・文学　Ⅱ』名著出版　1981年）
・『物部の民俗といざなぎ流』松尾恒一　吉川弘文館　2011年

この作品は書き下ろしです。

講談社
タイガ

〈著者紹介〉

柴田勝家（しばた・かついえ）
1987年東京都生まれ。成城大学大学院文学研究科日本常民文化専攻所属。外来の民間信仰の伝播《でんぱ》と変容を研究している。戦国武将の柴田勝家を敬愛する。2014年、『ニルヤの島』が第２回ハヤカワSFコンテストで大賞を受賞し、デビュー。他に『クロニスタ　戦争人類学者』がある。

ゴーストケース
心霊《しんれい》科学《かがく》捜査官《そうさかん》

2017年1月18日　第1刷発行　　定価はカバーに表示してあります

著者……………………柴田《しばた》勝家《かついえ》

発行者……………………鈴木　哲
発行所……………………株式会社 講談社
〒112-8001 東京都文京区音羽2-12-21
編集03-5395-3506
販売03-5395-5817
業務03-5395-3615

本文データ制作…………講談社デジタル製作
印刷……………………豊国印刷株式会社
製本……………………株式会社国宝社
カバー印刷……………慶昌堂印刷株式会社
装丁フォーマット………ムシカゴグラフィクス
本文フォーマット………next door design

ISBN978-4-06-294056-6　N.D.C.913　302p　15cm